Pension
Krähennest

Juergen von Rehberg

Pension Krähennest

Gefühle werden
niemals alt

Bibliografische Information der Deutschen Nationalbibliothek:
Die Deutsche Nationalbibliothek verzeichnet diese Publikation in der Deutschen Nationalbibliografie; detaillierte bibliografische Daten sind im Internet über http://dnb.dnb.de abrufbar.

© 2017 Juergen von Rehberg

Herstellung und Verlag: BoD – Books on Demand, Norderstedt

ISBN 978-3-7431-9735-0

Jan Bornemann beobachtete die Regentropfen, die auf der Fensterscheibe um die Wette rannen, wer wohl als erster den unteren Rahmen erreichen würde.

"Es ist wohl wie im Leben auch", dachte er, "ein ewiger Wettlauf, immer bestrebt der Beste, der Erfolgreichste zu sein. Ganz egal ob im Privatleben oder im Beruf."

Jan Bornemann ist ein pensionierter Schuldirektor an einem kleinen Gymnasium und seit ein paar Jahren verwitwet. Er hatte gerade den letzten Bissen seiner Frühstückssemmel hinunter geschluckt, als ihn Frau Kramer, die Wirtin der Pension Krähennest aus seinen Gedanken riss.

"Darf ich Ihnen jetzt Ihre <Starthilfe> bringen, Herr Bornemann?" fragte Frau Kramer mit einem geschäftstüchtigen Lächeln.

Eigentlich tat Jan Bornemann der guten Frau Unrecht; denn ihr Lächeln war keineswegs geschäftstüchtig. Frau Kramer war eine Frohnatur und hatte ein aufgesetztes Lächeln gar nicht nötig.

Sie war etwa im Alter von Jan Bornemann, vielleicht ja ein paar Jährchen älter; aber immer noch recht attraktiv.

"Nein danke, Frau Kramer", antwortete Jan Bornemann, "ich lege heute einmal einen Fastentag ein. Kein Alkohol und keine Zigarren."

"Wieso das denn?" fragte Frau Kramer und sah ihren Gast erstaunt an.

"Weiß ich gar nicht so genau", antwortete Jan Bornemann, "mir ist einfach danach."

"Dann wünsche ich Ihnen viel Durchhaltevermögen", sagte Frau Kramer und wandte sich ab, wissend, dass der gute Vorsatz ihres Lieblingsgastes den Tag nicht überdauern würde.

Jan Bornemann kam schon seit vielen Jahren auf die Insel. Er wusste gar nicht mehr, wann das begonnen hatte. Er kam schon mit seinen Eltern hierher.

Und später, als er Madeleine geheiratet hatte, führte er diese Tradition fort. Und sie wohnten immer nur im Krähennest.

Jan hatte Madeleine in Paris kennen gelernt. Er hatte ein paar Auslandssemester an der Sorbonne verbracht und Madeleine war eine seiner Kommilitoninnen.

Nach seiner Rückkehr nach Deutschland hatten sie sich für lange Zeit aus den Augen verloren. Jeder hatte sein eigenes Leben gelebt, und umso erstaunlicher war es, dass sie sich irgendwann wieder über den Weg liefen.

Es geschah anlässlich einer Vernissage in Hamburg. Eine Jan unbekannte französische Malerin wurde von Henrik Feddersen, einem befreundeten Galeristen ausgestellt, und Jan war der Einladung seines Freundes gefolgt.

Mit dem Namen der Künstlerin "Madeleine Clichy" konnte Jan nichts anfangen, wohl aber mit ihrem Bild.

Als er ihr Konterfei auf dem Plakat ansah, erkannte er sofort seine Madeleine. Sie hatte inzwischen geheiratet und somit ihren Nachnamen geändert.

"Bonjour Toutou!"

Mit diesen Worten begrüßte Madeleine den erstaunten Jan, der nicht glauben wollte, dass seine aus den Augen verloren gegangene "Bijou" vor ihm stand.

"Bonjour ma Bijou!" sagte Jan und küsste Madeleine auf beide Wangen.

Nach der offiziellen Eröffnung zogen sich die beiden - mit einem Glas Rotwein und vielen Fragen bewaffnet - etwas zurück.

"Wieso bist du Malerin geworden?" fragte Jan aufgeregt, "du hattest doch das gleiche Studienfach wie ich gewählt, und das hatte mit Malerei nichts zu tun?"

"Danke, es geht mir gut", antwortete Madeleine mit einem spitzbübischen Lächeln, "es ist sehr lieb von dir, dass du mich danach gefragt hast."

"Entschuldige bitte, Madeleine", sagte Jan, "ich bin nur etwas aufgeregt und durcheinander. Kannst du mir bitte verzeihen?"

"Bien sûr, Toutou", antwortete Madeleine, "ich war genauso überrascht dich hier zu treffen wie du."

Jan musste lächeln. Madeleine nannte ihn immer noch "Toutou" - kleines Hündchen - wie früher. Sie hatte ihm diesen Kosenamen verpasst, weil er ihr lange nachlaufen musste, ehe sie ihn erhört hatte.

Anfänglich hatte er gegen das Stigma des "Boche" anzukämpfen, jenes Wort, das um 1860 auftauchte und den Erbfeind, den bösen Deutschen bezeichnete, und das nach dem 2. Weltkrieg in den Köpfen der Franzosen fest verankert war.

Und daher war es nicht wirklich verwunderlich, dass es einer langen "Belagerung" bedurfte, bis Madeleine endlich kapitulierte.

"Ich freue mich wirklich dich zu sehen", sagte Jan und sein Gesichtsausdruck unterstrich dies deutlich.

"Ich mich auch, Toutou", erwiderte Madeleine, und auch ihre Augen strahlten.

"Du bist verheiratet?" fragte Jan. "Hast du Kinder?"

"Nein und nochmals nein", antwortete Madeleine, "ich bin geschieden und ich habe keine Kinder, leider."

"Hättest du gern welche gehabt?" fragte Jan.

"Sehr gern sogar", antwortete Madeleine, "hast du welche?"

"Wie soll das gehen?" antwortete Jan lachend, "ich bin ja noch nicht einmal verheiratet."

"Warum nicht? fragte Madeleine, "wollte dich keine haben?"

"Du bist noch immer so frech wie früher, ma Bijou", sagte Jan, und ein vertrautes Gefühl erwachte gerade zu neuem Leben.

"Ist dir heiß?" fragte Madeleine besorgt.

"Nein", antwortete Jan, "wie kommst du darauf?"

"Weil du ganz rot geworden bist im Gesicht."

Jan fragte sich, warum er diese Frau, die ihm so viel bedeutet hatte, so völlig aus den Augen verloren hatte. Er konnte sich nicht erinnern, warum sie sich getrennt hatten.

Er fühlte sich in diesem Augenblick so stark zu Madeleine hingezogen, dass er Mühe hatte es nicht zu zeigen.

"Was ist mit dir? fragte Madeleine, die bemerkt haben musste, dass in Jan etwas vor sich ging.

"Es ist nichts, ma Bijou", antwortete Jan, "es ist nur die Erinnerung."

Er entschuldigte sich bei Madeleine und suchte die Toilette auf. Dort benetzte er sein Gesicht mit kaltem Wasser, um einer plötzlich aufkommenden Übelkeit zu trotzen.

Die Erinnerung war zurück gekehrt. Die Erinnerung an jenen Tag, als er Madeleine im Bett mit Bertrand erwischte.

****

Jan Bornemann mochte es sehr, wenn der Regen mit seinem Staccato gegen die Fensterscheibe trommelte. Es hatte schon beinahe einen meditativen Charakter. Aber nur solange, wie niemand störte.

"Ob der Regen auch wieder einmal aufhören wird? So arg war es noch nie. Was meinst du, Jan?"

Gerlinde Schreiber versuchte Jan in ein Gespräch zu verwickeln. Sie saß mit ihrem Ehemann Harald am Nachbartisch.

Jan versuchte der drohenden Unterhaltung nonverbal zu entkommen, indem er mit den Schultern zuckte; aber ohne Erfolg. Gerlinde setzte nach:

"Oder kannst du dich erinnern, dass es jemals so extrem war?"

Jan kapitulierte. Er blickte in das Gesicht von Gerlinde, von dem er wünschte er hätte es nie gesehen, und er hätte den roten Mund der Besitzerin niemals geküsst.

"Es wird schon werden, Gerlinde", antwortete Jan lapidar in der vagen Hoffnung Gerlinde zu entkommen.

Ein Jahr zuvor war er ihr nicht entkommen. Die Schreibers hatten Karten für das Musical "Das Phantom der Oper", das auf dem Festland aufgeführt wurde.

Am Tag der Aufführung, es war morgens beim Frühstück, teilte Gerlinde Jan mit, dass ihr Harald das Bett hüten müsste.

"Er muss gestern etwas Schlechtes gegessen haben." Damit erklärte sie die Abwesenheit ihres Ehegatten beim Frühstück.

"Du musst unbedingt für ihn einspringen; ich kann doch nicht ohne männliche Begleitung ins Theater gehen."

Jan dachte an nichts Böses, als er zustimmte. Wie sollte er auch. Er kannte die Schreibers schon seit geraumer Zeit. Sie waren - wie er - schon seit Jahren Gäste im Krähennest.

Irgendwann war man sich näher gekommen und irgendwann hatte man Bruderschaft getrunken.

Und dann kam dieser verhängnisvolle Besuch des Musicals.

Nach der Vorstellung verschleppte Gerlinde ihren Begleiter in eine Bar, um den schönen Abend ausklingen zu lassen.

Was jedoch nicht oder nur zaghaft klingelte, waren die Alarmglocken bei Jan Bornemann.

Er war wieder einmal den Verlockungen des Alkohols erlegen und er verfügte im entscheidenden Moment nicht über die Widerstandskraft, die nötig gewesen wäre, um das drohende Ungemach abzuwenden.

Nicht dass das Schlafen mit einer schönen Frau an sich als Ungemach zu bezeichnen wäre. Anders hingegen jedoch, wenn es sich dabei um eine verheiratete Frau handelt, mit deren Ehegatten man tagtäglich - fast schon gemeinsam am Tisch sitzend - das Frühstück einzunehmen pflegt, dann schon.

Als Gerlinde mit Jan die Bar verließ, setzte sie ihn darüber in Kenntnis, dass ein Doppelzimmer in einem Hotel gebucht sei, in welchem sie die Nacht verbringen würden.

Das machten sie und ihr lieber Gatte Harald immer so, wenn sie auf dem Festland eine Veranstaltung besuchen würden. Es wäre ja auch viel zu gefährlich unter Alkoholeinfluss Auto zu fahren.

Und so ließ sich Jan von Gerlinde willenlos ins Hotel verfrachten, und er setzte auch keinerlei Widerstand, als Gerlinde ihn zum Beischlaf animierte.

Man muss wissen, dass Gerlinde eine durchaus als schön, sexy und verführerisch zu bezeichnende Frau war, und dass ihre Verführungskünste wohl jeden Mann in die Knie zu zwingen vermochten.

Als die beiden Musical-Besucher am nächsten Morgen wieder zurück auf die Insel fuhren, sprühte Gerlinde förmlich vor guter Laune.

"Das war ein toller Abend, Janni, und eine noch viel tollere Nacht; findest du nicht auch?"

Mit dieser Bemerkung riss Gerlinde ihren schweigenden Beifahrer aus seinem Grübeln. Jan fühlte sich nicht annähernd so wohllaunig wie Gerlinde.

Jan Bornemann fühlte sich mies; richtig mies. Und die Verniedlichung seines Namens in "Janni" machte es nicht besser.

"Macht es dir gar nichts aus, dass wir die Nacht miteinander verbracht haben?" fragte er Gerlinde. Er vermied bewusst die Bezeichnung "miteinander geschlafen", weil sie ihm schmutzig erschien.

"Keineswegs, mein Schatz", antwortete Gerlinde, "ich brauche das ab und zu. Und Harald bekommt schon lange keinen mehr hoch."

Jan wusste nicht, was ihn mehr anwiderte: dass Gerlinde ihn "mein Schatz" nannte oder die gossenhafte Ausdrucksweise, das sexuelle Unvermögen ihres Ehemannes betreffend.

Er wollte etwas erwidern, ließ es aber sein. Was hätte er auch sagen wollen; Jan wusste es nicht.

"Das sollten wir undbedingt einmal wiederholen", fuhr Gerlinde fort und legte zur Bekräftigung ihre Hand auf Jans Oberschenkel.

Jan zuckte unwillkürlich zusammen, fühlte aber zugleich eine leichte Erregung.

"Bitte nicht", sagte er zu sich selbst und ließ die Scheibe der Autotür ein kleines Stück herunter. Der feine Regen benetzte sein Gesicht. Jan empfand es als wohltuend.

"Mach wieder zu", sagte Gerlinde, "du wirst ja ganz nass." Wie Jan sich gerade fühlte, entging ihr völlig. Sie plante in Gedanken schon ihr nächstes sexuelles Rendezvous.

"Und, wie war es? hat es dir gefallen?"

Mit diesen Worten wurde Jan von Harald begrüßt. Er schien offenkundig seine Unpässlichkeit überwunden zu haben, so es diese je gegeben hatte.

Jan war nahe daran darauf zu antworten:

"Was meinst du? Das Musical oder den Fick mit deiner Ehefrau?"

In Jan war ein schrecklicher Verdacht aufgekommen. Es lag nahe, dass Gerlinde und Harald ein Abkommen geschlossen hatten, was die sexuellen Nöte von Gerlinde betraf.

Das Ganze war ein Jahr her und es hatte seither keine Wiederholung gegeben. Gerlinde hatte zwar immer wieder einmal die Angel ausgeworfen, aber Jan hatte nicht angebissen.

Man begegnete einander etwas distanzierter, aber dennoch höflich. Das führte zu gelegentlichem Smalltalk, ansonsten ging man sich jedoch eher aus dem Weg.

Der Regen hatte inzwischen aufgehört. Jan stand auf, wünschte den Schreibers noch "einen schönen Tag" und verließ den Frühstücksraum.

****

"Kannst du mir sagen, was wir auf dieser gottverlassenen Insel machen sollen?"

Madeleine war aus dem Auto ausgestiegen und schaute auf das unscheinbare Gebäude, über dessen

Eingangstür ein Schild mit der Aufschrift "Pension Krähennest" hing.

"Schlafen, ma Bijou, schlafen", antwortete Jan. "Und lieben, viel lieben."

"Du Crétin", sagte Madeleine, "das könnten wir auch zuhause."

"Das stimmt so nicht", antwortete Jan, "unsere Wohnung ist wie ein Taubenschlag. Ständig kommen irgendwelche Leute vorbei. Ich habe dich nie für mich allein."

"Das sind nicht irgendwelche Leute", protestierte Madeleine, "das sind Künstler, Kollegen, Freunde."

"Mag sein", sagte Jan, "aber das sind deine Freunde, nicht meine. Ich kann mit denen nichts anfangen."

"Und mit mir kannst du etwas anfangen, mon Toutou?" fragte Madeleine mit einer Unschuldsmine und hielt dabei ihren kleinen schwarzen Lockenkopf leicht zur Seite geneigt.

"Ja, ma Bijou", antwortete Jan, "sehr viel und sehr gern."

"Dann lass uns hinein gehen, damit du mir zeigst, was du mit mir anfangen kannst."

Es war schon lange her, dass Jan zum letzen Mal in der Pension war. Nach dem plötzlichen Tod seines Vaters, wollte die Mutter nicht mehr hierher.

Die Erinnerungen waren zu schmerzlich für sie. Als Jan sie im Seniorenheim besuchte und ihr erzählte, dass er mit Madeleine - nach so vielen Jahren - wieder auf die Insel wolle, freute sich seine Mutter.

Jan hatte Madeleine nach dem Besuch der Vernissage einige Male getroffen, und mit der Zeit waren sie einander wieder näher gekommen.

Die Geschichte von damals mit Bernard erklärten sie beide insgeheim - unabhängig voneinander - zum Tabuthema. Man würde vielleicht irgendwann einmal darüber reden, oder auch nicht.

"Moinsen, Frau Kramer!"

Jan Bornemann begrüßte die Wirtin des Krähennests auf die gebräuchliche nordische Art.

Johanna Kramer betrachtete die Ankömmlinge fragend und grüßte ihrerseits mit:

"Moin, moin, mein Herr! Haben Sie reserviert?"

"Aber Frau Kramer, erkennen Sie mich nicht?"

Johanna Kramer holte ihre Brille aus der Tasche ihrer weißen Schürze und setzte sie auf.

"Tut mir leid, mein Herr", sagte sie und fuhr fort:

"Kennen wir uns?"

"Schon seit über zwanzig Jahren", antworte Jan, "ich bin 's, Jan Bornemann."

"Der kleine Jan", sagte Frau Kramer, und ein Lächeln legte sich auf ihr Gesicht. "Mein Gott, wie lange ist das her?"

"Sehr lange, liebe Frau Kramer, viel zu lange", antwortete Jan.

"Wie geht es Ihren Eltern?" fragte Frau Kramer. "Kommen die auch?"

"Nein", antwortete Jan, "die kommen nicht. Vater ist schon lange gestorben und Mutter lebt in einem Seniorenheim."

"Das tut mir leid", sagte Frau Kramer, "ich kann mich noch sehr gut an Ihre lieben Eltern erinnern."

"Darf ich Ihnen meine Begleiterin vorstellen", sagte Jan, "das ist Madeleine."

"Freut mich, Frau Madeleine", sagte Frau Kramer und streckte Madeleine ihre Hand entgegen.

"Mich auch", sagte Madeleine und ergriff Frau Kramers Hand.

"Aha, Sie sind Französin", bemerkte Frau Kramer folgerichtig am Tonfall von Madeleine.

"Oui", antwortete Madeleine, um diese Tatsache zu unterstreichen.

"Können wir den Zimmerschlüssel haben?" fragte Jan. "Wir sind etwas müde von der Reise."

"Aber ja, mien Jung", antwortete Frau Kramer, um sich umgehend zu korrigieren:

"Entschuldigung; das ist mir so heraus gerutscht."

"Das macht doch nichts, Frau Kramer", antwortete Jan, "das ist schon in Ordnung."

Als er wenig später mit Madeleine im Zimmer war, sagte sie:

"Jetzt musst du mir aber einiges erklären, Toutou!"

Und dann erzählte Jan seiner Liebsten von seiner unbeschwerten Kindheit und den alljährlich wiederkehrenden Urlauben auf der Insel.

Es folgten herrliche Tage und Nächte, in deren Verlauf der Wunsch ihre bislang lose Verbindung nun offiziell zu machen und sich ewige Liebe zu schwören immer stärker wurde.

Kaum dass sie wieder auf dem Festland zurück waren, wurde das Aufgebot bestellt und aus Madeleine Clichy wurde Madame Bornemann.

Madeleine bestand jedoch darauf ihren Künstlernamen "Clichy" beizubehalten. Jan stimmte schweren Herzens zu. Schließlich konnte er ja auch ein bestimmtes Maß an Verständnis dafür aufbringen.

Wofür er weniger Verständnis aufbringen konnte, war der Konsum von "horizonterweiternden" Substanzen, der sich von Jahr zu Jahr immer weiter steigerte.

"Du musst das verstehen", erklärte Madeleine ihre Sucht, "ich brauche das, um zu arbeiten."

Was das Gift mit ihrem Körper und vor allen Dingen mit ihrer Psyche machte, spiegelte sich schon bald in ihren Bildern wider.

Ein normales Leben wurde mit der Zeit immer schwieriger. Verzweiflung, Wut und zunehmende Aggression wechselten einander ab und machten das Zusammenleben unerträglich.

Jan bemühte sich immer wieder Madeleine zu einem Entzug zu bewegen, was aber auf fruchtlosen Boden fiel.

Die Ausfälle im Rahmen gesellschaftlicher Verpflichtungen nahmen zu und irgendwann zog es Madeleine vor Jan nicht mehr zu begleiten, um ihm das zu ersparen.

Sie verbrachte die meiste Zeit mit "Ihresgleichen", wie sie zu sagen pflegte, weil man sie dort besser verstehen würde, als die Spießer in Jans Umfeld.

Jan war zwischenzeitlich zum Schulleiter avanciert und mit "Spießer" meinte sie Lehrerkollegen, samt Gattinnen und diverse Honoratioren der Stadt.

Der weitere Verlauf von Madeleines Leben war vorhersehbar und unabänderlich.

Sie starb mit vierundvierzig Jahren an einer Überdosis und ließ einen Mann zurück, der daran zu zerbrechen drohte.

****

Es war schon recht kühl, als Jan vor die Tür trat. Leichte Nebelschwaden trieben von der See her an die Küste. Der nahende Herbst ließ sich nicht mehr leugnen.

Durch das Fenster konnte er Gerlinde und Harald sehen, die noch beim Frühstück saßen. Außer ihnen waren nur noch wenige Gäste im Krähennest.

Die Saison neigte sich langsam ihrem Ende zu, und in den letzten Tagen waren fast täglich Gäste abgereist. Jan kam immer erst gegen Saisonende auf die Insel. So konnte er der üblichen Menschenmasse entfliehen, die in der Hauptsaison die Insel in Besitz nahmen.

Nachdem Madeleine gestorben war, kam er überhaupt nicht mehr hierher. Er vergrub sich in seiner Arbeit und in den Ferien wohnte er bei seiner Mutter in deren kleinem Landhaus.

Jans Mutter, der das überhaupt nicht gefiel, versuchte immer wieder ihren Sohn ins Leben zurück zu schicken. Aber Jan spielte nicht mit.

Wenn seine Mutter Frauen einlud, die nach ihrem Geschmack als Partnerinnen für ihren geliebten Jan infrage kommen könnten, verzog sich dieser unter irgendwelchen fadenscheinigen Ausreden, bis die Damen wieder verschwunden waren.

Jans Mutter war nie mit Madeleine einverstanden, ließ es sich aber nie anmerken. Weder Madeleine noch Jan gegenüber.

Erst als Jan in den Ruhestand versetzt wurde, zog es ihn wieder auf die Insel. Hin zu der alten Frau Kramer und ihrem Krähennest.

Er mochte die Frau sehr. Ihr ruhiges, zurückgezogenes Wesen und ihre liebevolle Art waren Balsam für Jans immer noch sehr geschundene Seele.

"Oh, Verzeihung!"

Jan war von einer Person angerempelt worden. Es handelte sich um eine junge Frau, die ebenso wie er gedankenversunken durch den Nebel spazierte.

"Nein, ich muss mich entschuldigen, dass ich sie nicht gesehen habe", sagte Jan. "Ich hoffe, ich habe Ihnen nicht wehgetan."

"Aber nein", antwortete die junge Frau, "es ist alles in Ordnung."

"Wohnen Sie auch in der Pension Krähennest?"

"Kann man so sagen", antwortete die Frau und wollte schon weitergehen, als Jan ihr noch sagte:

"Dann lade ich Sie für heute Abend auf ein Glas Wein ein, so als Wiedergutmachung."

"Vielen Dank", antwortete die Frau, "aber das ist nicht nötig."

Kurz darauf hatte sie der Nebel verschluckt.

****

Jan hatte sein Notebook vor sich auf dem Tisch liegen. Er sah sich gerade via Internet die neuesten Tagesnachrichten an, als er die Stimme von Frau Kramer hörte:

"Lieber Jan, darf ich Ihnen meine Tochter Svenja vorstellen?"

Jan schaute in das Gesicht von Svenja, und er erkannte die fremde Frau aus dem Nebel.

"Na, das ist ja eine Überraschung", sagte Jan und stand auf, um der Tochter von Frau Kramer die Hand zu geben.

"Wollen Sie sich nicht zu mir setzen?" fragte Jan. "Dann könnten wir ja doch noch ein Glas Wein miteinander trinken."

Svenja Peters zögerte einen Augenblick, ob sie die Einladung annehmen sollte. Als ihr die Mutter jedoch zunickte, setzte sie sich zu Jan.

"Ich bin überrascht", sagte Jan. "Ich komme schon so lange zu Ihrer Mutter, und ich habe Sie noch nie gesehen."

"Das stimmt nicht wirklich", überraschte Svenja Jan, "Sie haben mich ganz sicher schon gesehen."

"Wann und wo sollte das denn gewesen sein?" fragte Jan.

"Es war hier", antwortete Svenja, "und es ist schon sehr lange her. Sie waren damals schon ein junger Mann und ich noch ein ganz kleines Mädel."

Jan musste lächeln, als er das hörte.

"Jetzt erinnere ich mich wieder", sagte er, "zwei lange Zöpfe und ein fröhliches Gesicht; das waren Sie?"

"Ich glaube schon", antwortete Svenja, "und danke für die liebe Beschreibung."

Jan sah Svenja an. Die Zöpfe waren abgeschnitten und das fröhliche Gesicht von damals gab es auch nicht mehr.

"Etwas verwirrt mich aber schon", sagte Jan, "wieso heißen Sie Svenja? Ich habe diesen Namen gar nicht mehr in Erinnerung."

"Das glaube ich Ihnen gern", sagte Svenja, "alle nannten mich damals <Pippi>, in Anlehnung an <Pippi Langstrumpf>, die Romanfigur von Astrid Lindgren."

"Jetzt erinnere ich mich wieder", sagte Jan und fuhr zögerlich fort:

"Hatten Sie damals nicht auch Sommersprossen?"

"Ja", sagte Svenja lachend, "Sie können sich noch daran erinnern?"

"Als wäre es gestern gewesen", antwortete Jan. "Und wo sind die geblieben?"

"Ich kann es nicht sagen; irgendwann waren sie verschwunden."

"Schade", sagte Jan.

"Ich weiß nicht", antwortete Svenja, "ohne gefalle ich mir besser."

"Na; ihr unterhaltet euch ja prächtig", sagte Frau Kramer, die an den Tisch getreten war.

"Ja", antwortete Svenja, "stell dir vor, Mutter, Herr Bornemann kann sich noch an mich erinnern, als ich klein war."

"Wirklich, Herr Bornemann", sagte Frau Kramer, und noch bevor sie fortfahren konnten, unterbrach sie Jan Bornemann mit den Worten:

"Jetzt ist Schluss mit der Siezerei!"

Er wandte sich an Svenja und sagte:

"Sie holen jetzt bitte noch ein Glas für Ihre Mutter und dann wird Brüderschaft getrunken. Natürlich nur, wenn Sie und Ihre Frau Mama zustimmen."

Mutter und Tochter sahen sich kurz an. Dann stand Frau Kramer mit den Worten: "Ich mach das schon" auf und holte ein weiteres Glas.

Jan goss ein und dann wurde das lästige "Sie" im Alkohol ertränkt.

****

"Guten Morgen, lieber Jan!"

Johanna Kramer stand, wie an jedem Morgen ihres bisherigen Lebens, in ihrer "warmen Stube", wie sie den Frühstücksraum zu nennen pflegte, und begrüßte ihre Gäste.

Sie hatte nach ihrer Heirat die Pension ihrer Eltern übernommen. Und auch als die kleine Svenja geboren wurde, setzte sie nur für kurze Zeit aus.

Die Pension war ihr Leben. Es war jedoch nicht das Leben von Gerald Kramer, ihrem Ehemann. Er zog es vor, ein paar Jahre nach Svenjas Geburt, sich von der Familie zu trennen.

Eine andere Frau vom Festland, die mehr Zeit für ihn hatte, war damals Gerald Kramers Entscheidungshilfe.

"Hast du gut geschlafen?"

"Bei der Menge Alkohol war das kein Problem", antwortete Jan und fragte nach Svenja.

"Die hat in der Küche zu tun", antwortete Johanna, "aber wenn du möchtest, kann ich sie rufen."

"Nein, nein", sagte Jan, "lass mal; man soll niemand von der Arbeit abhalten."

Er setzte sich an seinen Tisch und war verwundert, dass Harald und Gerlinde nicht am Nachbartisch saßen. Sie waren immer schon vor ihm da, wenn er den Frühstücksraum betrat.

"Wo sind denn die Schreibers?" fragte Jan erstaunt.

"Abgereist", sagte Johanna, "schon in aller Herrgottsfrüh."

"Aber wieso?" fragte Jan, "haben die nicht bis Ende der Woche gebucht?"

"Ja, schon", antwortete Johanna, "ich glaube mit der Mutter von Herrn Schreiber ist irgendetwas passiert. Frau Schreiber war ganz schön sauer, dass sie ihren Urlaub abbrechen mussten."

"Das kann ich mir lebhaft vorstellen", sagte Jan.

"Ach ja, fast hätte ich es vergessen", sagte Johanna, "Frau Schreiber hat einen Brief für dich da gelassen."

"Einen Brief? Für mich?" fragte Jan ungläubig.

Johanna nickte und überreichte Jan den Brief.

Jan steckte ihn ein. Er hatte beschlossen ihn erst nach dem Frühstück zu öffnen.

"Guten Morgen, Jan!"

Svenja war gekommen, um Jan das Frühstück zu servieren.

"Hast du gut geschlafen?" fragte sie ihn.

"Ich glaube schon", antwortete Jan.

"Was heißt das", fragte Svenja, "hast du oder hast du nicht?"

"Ich werde darüber nachdenken und dir das Ergebnis bei einem gemeinsamen Spaziergang mitteilen."

Svenja lachte und ging wieder zurück in die Küche. Sie fühlte sich an diesem Morgen so gut wie schon lange nicht mehr.

Als sie zu ihrer Mutter in die Pension kam, war es eine Flucht vor sich selbst. Vor ihrer Vergangenheit und vor den Gedanken, die ihr überall mithin folgten.

Ihre Scheidung lag schon ein paar Jahre zurück, und sie hatte gelernt damit umgehen zu können. Zumindest glaubte sie das.

Es gab gute Tage und schlechte Tage. Aber es gab nur wenige Tage, an welchen sie sich nicht fragte, was sie falsch gemacht hatte.

Sie hatte sich vorgenommen in ihrer Ehe nicht dieselben Fehler wie ihre Mutter zu machen. Sie kümmerte sich liebevoll um ihren Ehemann, und sie nahm sich auch immer genügend Zeit für ihn.

Aus ihrer Liebe waren zwei Kinder erwachsen, ein Junge und ein Mädchen. Zugegeben, im ehelichen Schlafgemach schaukelten die Wellen der Lust nicht mehr ganz so hoch; aber das konnte doch nicht der Grund für die Trennung sein...

****

Jan schlenderte in Richtung der Strandkörbe, die noch immer nicht weg geräumt waren, und bei denen er sich mit Svenja etwas später treffen wollte.

Er war in der vergangenen Nacht nur sehr schwer eingeschlafen. Die junge Frau, die seine Tochter sein könnte, ging ihm nicht aus dem Kopf.

Jan hätte sehr gern Kinder mit Madeleine gehabt; aber das war zu keiner Zeit ein Thema für sie. Im Nachhinein betrachtet war es vielleicht gut so, wie es war.

Als Jan schlaflos in seinem Bett lag, fing er an zu rechnen. Das Ergebnis war niederschmetternd: fünfundzwanzig Jahre Altersunterschied; das war eindeutig zu viel!

Er dachte an Svenja und sah ihr Gesicht deutlich vor sich. Ein wohliges Gefühl beschlich ihn und er ließ es zu. Ja, er genoss es sogar.

Etwas Totgeglaubtes erwachte zu neuem Leben. Zum ersten Mal - nach dem Tod von Madeleine - empfand er wieder etwas für eine Frau.

Und es war nicht nur Liebe, was er fühlte, es war auch Begehren. Es war der Wunsch nach Berührung, nach Verschmelzung, nach der Erfüllung eines Wunsches, der sich aus dem Cocon der Vergessenheit befreit hatte und nun zum Licht drängte.

Und diese Gedanken begleiteten Jan auch jetzt wieder, als er unterwegs zu den Strandkörben war.

Als er dort angelangt war, setzte sich Jan in einen Strandkorb, der in der ersten Reihe stand. Er schloss die Augen, und er spürte die Restwärme der Herbstsonne in seinem Gesicht.

Es herrschte absolute Windstille. Nur das plätschernde Geräusch des nahen Wassers drang an Jans

Ohr. Der wenige Schlaf der vergangenen Nacht führte dazu, dass Jan irgendwann einschlief.

"Bitte, entschuldige, dass ich dich aufgeweckt habe", sagte Svenja, die vor dem Strandkorb stand und dadurch die Sonne verdeckte, was wohl dazu geführt hatte, dass Jan aufgewacht war.

"Du brauchst dich nicht zu entschuldigen, liebe Svenja", sagte Jan, "ich war nur kurz eingenickt."

"Das sah mir aber nicht so aus", sagte Svenja.

"Und warum nicht?" fragte Jan.

"Weil ich schon eine ganze Weile da stehe und deinen tiefen Atemzügen lausche", sagte Svenja mit einem Lächeln.

"Erwischt!" sagte Jan und fuhr fort:

"Willst du dich zu mir setzen oder wollen wir lieber spazieren gehen?"

"Ich setze mich zu dir", sagte Svenja, "das ist die letzte Gelegenheit in diesem Jahr. Morgen werden die Körbe eingewintert."

Jan und Svenja saßen eine ganze Weile schweigend nebeneinander und schauten hinaus aufs Meer. In diesem Augenblick geschah etwas Wunderbares, dem ein besonderer Zauber innewohnte.

Zwei verwundete Seelen, gestern noch völlig fremd, waren aufeinander getroffen. Sie berührten sich ganz vorsichtig; aber völlig frei von jedweder Angst. Sie kamen sich näher und näher, und plötzlich umarmten sie sich wie zwei gute, alte Freunde.

"Du bist geschieden?" unterbrach Jan die Stille.

"Ja", antwortete Svenja überrascht, "wieso weißt du das?"

"Deine Mutter hat es mir erzählt."

"Und du bis verwitwet", sagte Svenja, "und rate einmal, woher ich das weiß."

"Deine Mutter ist offenkundig eine Doppelagentin", sagte Jan und lachte.

Svenja war in das Lachen mit eingefallen.

"Was ist schief gelaufen?" fragte Jan.

"Ich war jung, viel zu jung, und ich habe die Liebe meines Lebens getroffen. Ich war glücklich. Alles war wunderbar. Zuerst kamen meine beiden Kinder und schon bald danach meine Nachfolgerin. Trennung,

Scheidung und die Erkenntnis, dass es die wahre Liebe nicht gibt. Ende der Geschichte."

"Das klingt bitter", sagte Jan, "das tut mir leid."

"Muss es nicht", antwortete Svenja, "ich bin zufrieden mit meinem Leben; so wie es jetzt ist."

Jan überlegte einen kurzen Moment, ob er etwas erwidern sollte; ließ es aber sein.

"Und wie war das bei dir?" fragte Svenja.

"Was hat dir deine Mutter über mich erzählt?" fragte Jan. Er fühlte eine leichte Erregung in sich aufsteigen.

"Dass deine Frau gestorben ist", antwortete Svenja.

"Mehr nicht?" fragte Jan erstaunt, dem in diesem Augenblick nicht bewusst war, dass er Svenjas Mutter nie mehr darüber erzählt hatte.

"Nein", antwortete Svenja etwas verwirrt durch Jans heftige Reaktion. "Du musst mir auch nichts darüber sagen, wenn du das nicht möchtest."

"Aber nein", sagte Jan, "so ist das nicht, ich bin nur etwas durcheinander, weil ich dachte, dass deine Mutter..."

"Es ist besser, wir lassen das Thema", unterbrach ihn Svenja sehr bestimmt, "ich muss jetzt auch gehen."

Mit diesen Worten stand sie auf und entfernte sich mit raschen Schritten von dem Strandkorb, in dem sie gerade noch bei einem Menschen gesessen war, in dessen Nähe sie sich wohl zu fühlen geglaubt hatte.

Jan wollte aufstehen, um Svenja nachzurufen, sie möge doch bleiben, damit er ihr alles erklären könne; aber er schaffte es nicht. Er saß nur da, unfähig sich zu bewegen. Sein Körper wie auch seine Seele schienen wie gelähmt.

****

"Lieber Janni,

wir mussten leider völlig überstürzt abreisen, weil Haralds Mutter im Sterben liegt.
Wir hatten leider keine Gelegenheit uns einmal in Ruhe zu unterhalten.
Es gibt doch so viel, was uns verbindet. Ich denke da z.B. an unseren wunderbaren Musical-Abend und an die aufregende Nacht, die wir zwei im vergangenen Jahr verbracht haben.
Ich habe mit Harald darüber gesprochen und er wäre damit einverstanden, dass du und ich gelegentlich Zeit miteinander verbringen, um gewisse Dinge zu tun, zu denen er leider nicht mehr fähig ist.

Du kannst sicher sein, dass ich keine Ansprüche an dich stellen werde. Es wäre eine rein körperliche Angelegenheit. Ein paar erquickliche Stunden und danach geht jeder seines Weges.
Es wäre eine reine "Win-Win-Situation". Wir hätten beide unseren Spaß, keiner würde verletzt werden und niemand müsste davon erfahren.
Ich möchte dich bitten, dass du mein Angebot in Ruhe überdenkst, und ich würde mich sehr freuen, wenn du zustimmen würdest.
Adresse und Telefonnummer kann dir Frau Kramer geben. Bitte, rufe mich an!

Liebe Grüße Gerlinde."

Jan traute seinen Augen nicht, als er den Brief las. Mit jeder Zeile wuchs sein Entsetzen über das Anliegen dieser Frau, in deren Spinnennetz er sich vor einem Jahr verfangen hatte.

Zugegeben, es war damals eine Nacht, die es in sich hatte, und er würde lügen, wenn er sagte, er hätte sie nicht genossen. Aber er hatte danach Gerlinde unmissverständlich klar gemacht, dass dies eine einmalige Angelegenheit gewesen wäre, und dass er keine Fortsetzung wünsche.

Wieso also jetzt dieser Brief mit dem eindeutigen Angebot? Gerlinde musste doch auch bemerkt haben, dass er ihr und Harald in den vergangenen Wochen ständig aus dem Weg gegangen war.

Jan las den Brief noch einmal. Sein Entsetzen wurde dadurch jedoch nicht weniger.

"Ist dir etwas? Du siehst so blass aus."

Johanna sah Jan mit sorgenerfüllter Miene an.

Jan schüttelte nur den Kopf. Es war ihm nicht möglich zu antworten.

"Bevor ich es vergesse", sagte Johanna, "Frau Schreiber hat mich ermächtigt dir ihre Adresse und Telefonnummer auszuhändigen."

"Bloß nicht", sagte Jan, "bleib mir ja vom Leib mit dieser Frau."

"Was ist nur heute los mit euch allen?" fragte Johanna, die gerade die Welt nicht mehr verstand. "Erst kommt Svenja von eurem Spaziergang nach Hause wie ein aufgescheuchtes Huhn, und jetzt die Sache mit Frau Schreiber."

Jan sah Johanna für eine kurze Weile nur an, und dann machte er etwas, was ihm im Nachhinein völlig unbegreiflich war: er streckte Johanna den Brief entgegen.

"Nimm diesen Brief und lies ihn; vielleicht verstehst du dann mehr."

Johann nahm den Brief und Jan zog sich auf sein Zimmer zurück. Er blieb dort, um seine Gedanken zu ordnen. Das Chaos seiner Gefühle drohte ihn zu erdrücken.

Er blieb auf seinem Zimmer bis zum späten Abend. Dann ging er hinunter, um nach Svenja zu fragen.

"Svenja ist nicht da" sagte Johanna, "sie ist aufs Festland gefahren."

"Das ist schade", kam die Antwort von Jan, der aber seine Meinung umgehend änderte, indem er sagte:

"Das ist gar nicht schade, so haben wir zwei Zeit miteinander zu reden."

"Gern, mein Lieber, aber das geht erst etwas später. Ich muss mich noch um die restlichen Gäste kümmern."

"Kein Problem", antwortete Jan, "ich kann bis dahin noch meine E-Mails ansehen."

****

Die letzten Gäste der Pension hatten sich zur Nachtruhe begeben, als Johanna sich zu Jan an den Tisch setzte.

"Tut mir leid, dass es so lange gedauert hat; aber jetzt gehöre ich ganz dir", sagte Johanna und schaute dabei in Jans ernstes Gesicht.

"Du wirkst so ernst, so nachdenklich", fuhr Johanna fort, "was bedrückt dich?"

"Liebe Johanna", antwortete Jan, "du kennst mich schon sehr, sehr lange. Und ich glaube sagen zu können, dass zwischen uns eine ganz besondere Vertrautheit besteht.

Ich werde dir jetzt meine Lebensgeschichte erzählen, und ich bitte dich mir ohne Unterbrechung zuzuhören. Am Ende werde ich dir dann jede deiner Fragen beantworten.

Du bist der erste Mensch, vor dem ich mein verkorkstes Leben ausbreite. Ich mache das natürlich nur, wenn du auch damit einverstanden bist."

Johanna ergriff beide Hände des Mannes, der nicht wesentlich jünger war als sie selbst und hielt sie fest. Dann sagte sie:

"Mein lieber Jan, es freut mich, dass du mir so viel Vertrauen entgegen bringst, und ich werde dir gern zuhören, und ich werde dich auch nicht unterbrechen."

Dann begann Jan mit der Schilderung seines Lebens, das nicht wirklich so verlaufen war, wie er es sich ursprünglich einmal gewünscht hatte.

Als er zu der Stelle kam, wo er der Venusfalle Gerlinde erlegen war, stockte er für einen kurzen Moment. Peinlichkeit befiel ihn, und eine große Hemmung wollte ihn daran hindern darüber zu reden.

"Hast du den Brief gelesen, den ich dir gegeben habe?" fragte er vorsichtig, und als Johanna nickte, fuhr er fort:

"Ich habe das getan, ich bereue es und ich schäme mich dafür."

"Das brauchst du nicht, Jan", sagte Johanna, "es war eine Torheit, mehr nicht. Und es war eine typisch männliche Torheit."

Johanna lachte und Jan ließ sich davon anstecken. Er fühlte sich plötzlich so leicht. Eine zentnerschwere Last fiel von seinen Schultern. Ihm war, als hätte er soeben seine Seele ausgemistet und Sonnenschein war in sie hinein gedrungen.

Er stand auf, ging um den Tisch herum, umarmte Johanna und gab ihr einen Kuss.

"Ich danke dir, Johanna; ich danke dir so sehr", sagte er, "du weißt gar nicht, wie wohl mir das tut."

"Das freut mich, mein lieber Jan", sagte Johanna, "aber du solltest jüngere Frauen küssen und nicht so eine alte Schachtel wie mich."

"Wie meinst du das?" fragte Jan, den eine Ahnung beschlich, was Johanna gemeint haben könnte. War ihr am Ende aufgefallen, wie er Svenja angeschaut hatte?

"Ich denke doch, das weißt du; oder?"

Jan wurde verlegen. Er wusste gerade nicht, was er antworten sollte.

"Ich möchte dich etwas fragen", sagte Johanna und nahm Jan die Entscheidung ab:

"Welche Gefühle hegst du für meine Tochter?"

Als Jan nicht gleich antwortete, wurde Johanna konkreter:

"Liebst du Svenja?"

Jan bekam einen trockenen Mund. Um Zeit zu gewinnen, nahm er einen großen Schluck aus seinem Weinglas.

Zumindest wollte er das; aber das Glas war so gut wie leer.

"Ich hole uns jetzt eine gute Flasche Wein", sagte Johanna. "Normalerweise wird ja bei uns mehr Bier und Schnaps getrunken; aber einen kleinen Weinvorrat habe ich trotzdem. Und wenn ich zurück komme, hoffe ich auf eine ehrliche Antwort. Bist du damit einverstanden, mien Jung?"

Jan nickte, denn zum Sprechen war er nach wie vor nicht imstande.

Johanna war zurück und gab Jan die Flasche, um sie zu öffnen. Jan goss ein und die beiden prosteten einander zu.

"Ich frage dich noch einmal: liebst du Svenja?"

"Ja, ich liebe sie" sagte Jan, "und es schlagen zwei Herzen in meiner Brust."

"Das verstehe ich nicht", antwortete Johanna, "das musst du mir jetzt erklären."

"Ich liebe Svenja wie eine Tochter; aber ich liebe und begehre sie auch wie ein Mann das tut."

Johanna schaute Jan erstaunt an und sagte:

"Gibt es das wirklich?"

"Ja", antwortete Jan, "und ich kann mir durchaus vorstellen, dass du mit der ersten Variante einverstanden sein könntest; indes nicht mit der zweiten."

"Ach Jan", sagte Johanna, "ich wäre mit beiden Varianten, wie du das nennst, einverstanden; aber das liegt nicht in meiner Hand."

"Du bist mir nicht böse?" fragte Jan ungläubig. "Du weißt doch, wie alt ich bin und wie alt Svenja ist."

"Ja und" sagte Johanna, "seit wann fragt denn die Liebe nach dem Alter, der Religion, der Hautfarbe oder dem Geschlecht?"

Jan war überrascht. Johanna war Ende sechzig, vielleicht sogar schon Anfang siebzig. Und dann diese Lebenseinstellung.

"Es heißt doch in dem Lied: mit sechsundsechzig Jahren, da fängt das Leben an, und du bist doch sechsundsechzig oder?"

Jan wurde schwindlig. Er hätte mit allem gerechnet aber niemals mit so etwas.

"Du bist eine umwerfende Frau, Johanna", sagte er und strahlte über das ganze Gesicht. "Ich glaube, ich bin gerade im Begriff mich in dich zu verlieben."

"Bloß nicht", sagte Johanna, "ich bin froh, dass ich mit diesem Thema durch bin."

"Schade", sagte Jan mit einem Augenzwinkern und fragte dann:

"Ist Svenja morgen wieder da?"

"Nein", antwortete Johanna, "sie hat gesagt, sie braucht Abstand. Ich denke, das hat etwas mit dir zu tun..."

"Das ist schade", sagte Jan und wich somit Johannas Bemerkung aus. "Ich hätte sie gern noch einmal gesehen, bevor ich wieder nach Hause fahre."

****

Jans Hoffnung, er würde Svenja vor seiner Abreise doch noch sehen und sprechen können, hatte sich leider nicht erfüllt.
Johanna hatte ihm einen verschlossenen Umschlag mit auf die Reise gegeben.

"Mache ihn erst auf, wenn du gut zuhause angekommen bist", hatte Johanna gesagt; aber Jan hielt sich nicht daran.

Als er außer Sichtweite von Johanna war, fuhr er an den Straßenrand und öffnete den Umschlag. Er entnahm ihm eine Fotografie von Svenja und ihren beiden Kindern.

Auf der Rückseite standen das Datum - die Aufnahme war vom vergangenen Weihnachtsfest - und die Adresse samt Telefonnummer von Svenja.

Jan wurde von der Fotografie so sehr aufgewühlt, dass es ihm das Herz zusammen krampfte. Das kleine Blümlein Sympathie wuchs zu einem riesigen Strauß aus Liebe und Sehnsucht.

"Svenja, Svenja", schrie es aus ihm heraus und seine Augen wurden feucht.

"Du alter, dummer Narr", sagte sein Verstand; aber sein Herz hörte nicht zu.

****

Seit vielen Jahren schon war der Freitagabend ein "Jour fixe" im Leben des Jan Bornemann.

Das war der Tag, an dem er mit Paul Freising, ehemaliger Kollege und Jans stellvertretender Direktor am Gymnasium, dem Schachspiel huldigte.

Ein kleines Extrazimmer im Café Herold, in welchem auch geraucht werden durfte, war die Spielwiese für die beiden älteren Herrn.

Jan und Paul waren so etwas wie beste Freunde. Im Gegensatz zu Jan war Paul verheiratet, und zwar mit Elke, einer entzückenden und liebenswerten Frau.

Paul und Elke waren kinderlos geblieben und mit ihnen verbrachte Jan schon seit vielen Jahren das Weihnachtsfest.

Viktoria, Elkes ledige Schwester, war auch jedes Mal bei der weihnachtlichen Partie zugegen. Jan hatte all die Jahre über dem Versuch der Kuppelei widerstanden.

Nicht, dass Viktoria unsympathisch oder nicht schön genug gewesen wäre; Jans Wunsch nach trauter Zweisamkeit war einfach nicht existent.

Viktoria machte indessen auch keine erkennbaren Anstalten sich Jan zu offenbaren, obwohl sie durchaus Gefühle für ihn hegte. Und durch Elke und Paul erfuhr sie genügend Ermunterung.

Jan war sehr froh darüber, dass Viktoria genügend Feingefühl besaß ihm einen Affront zu ersparen.

Der kleine Raum war schon dicht verhangen von den Rauchschwaden der Zigarren rauchenden Freunde. Zug um Zug versuchten sie einander mattzusetzen.

"Wie war es auf der Insel?" fragte Paul.

"So wie immer", antwortete Jan in gelangweiltem Tonfall. Und genau das fiel Paul auf.

"Aha", sagte er interessiert, "und was war dieses Mal anders als sonst?"

"Hast du gerade nicht zugehört?" fragte Jan. "Ich sagte dir doch, es war wie immer."

Paul sah Jan an, der den Blick - voll konzentriert - auf das Schachbrett gerichtet hielt. Als Paul nach einer gefühlten Ewigkeit noch immer starr da saß, sagte Jan gereizt:

"Du bist dran!"

Paul saß weiter unbeweglich da und schaute auf seinen Freund.

"Spielen wir jetzt Schach oder wollen wir Händchen halten?"

"Wie wäre es, wenn wir beides machten?" fragte Paul.

Jan blickte auf. Es kam ihm in den Sinn, dass sein Gegenüber der beste Freund war, den man sich wünschen kann.

"Entschuldige bitte, Paul", sagte Jan, "ich bin gerade etwas durch den Wind."

"Eine Frau, nehme ich an", erwiderte Paul.

"Ja", antwortete Jan, "sie heißt Svenja und ist die Tochter meiner Wirtin aus der Pension."

"Bist du gar verliebt?" fragte Paul.

"Hoffnungslos sogar", antwortete Jan. "Ich kann schon nicht mehr richtig schlafen."

"Liebt sie dich auch?"

"Ich weiß es nicht."

"Dann solltest du sie fragen."

"Bist du verrückt?" sagte Jan so laut, dass die anderen Anwesenden ihre Köpfe anhoben.

"Entschuldigung!" sagte Jan in den Raum hinein und fuhr fort:

"Svenja ist viel zu jung für mich. Oder anders herum: ich bin zu alt für sie."

"Gefühle sind alterslos, mein Freund", sagte Paul, "aber das weißt du ja sicher selber."

"Du könntest mit Johanna verwandt sein", antwortete Jan und er musste dabei lächeln.

"Wer ist Johanna?" fragte Paul.

"Die wunderbare Mutter von Svenja", antwortete Jan.

"Also deine Schwiegermutter sozusagen", feixte Paul und schob hinterher:

"Ist sie wenigstens älter als du?"

"Du bist ein Esel!" erwiderte Jan.

"Jetzt mal Butter bei die Fische!" sagte Paul. "Du liebst diese Frau und sie weiß es nicht, weil du zu feige bist dich ihr zu offenbaren.

Für mich sieht das so aus, dass du das Glück vor deiner Nase hast und du greifst nicht zu.

Und wenn du das nicht tust, wirst du es ein Leben lang bereuen."

"Ich habe Angst davor, zurück gewiesen zu werden", sagte Jan, "oder schlimmer noch: ich mache mich lächerlich."

"Die Liebe ist immer ein Risiko", antwortete Paul, "genauso wie das Fahren mit dem Auto. Und trotzdem fährst du damit."

"Du könntest wirklich mit Johanna verwandt sein", sagte Jan und war einmal mehr sehr froh darüber Paul zum Freund zu haben.

Bevor die beiden Freunde ihr Schachspiel fortsetzten, bat Jan Paul darum, mit niemandem darüber zu reden.

Der Ausgang der Partie war abzusehen. Anstatt sich voll und ganz dem Spiel zu widmen, kreisten Jans Gedanken fortwährend um Svenja.

Er beschloss Svenja zu kontaktieren, um ein Treffen mit ihr zu vereinbaren, in dessen Verlauf er ihr seine Gefühle mitteilen wollte.

****

"Sie sind mit der Mailbox von Svenja Peters verbunden. Wenn sie mir Name und Telefonnummer mitteilen, werde ich Sie umgehend zurückrufen."

Jan war erleichtert, als er das hörte. Sein Mut war einfach nicht groß genug. Er hätte die Verbindung wohl unweigerlich unterbrochen, hätte Svenja das Gespräch persönlich entgegen genommen.

Er wagte auch keinen weiteren Versuch. Stattdessen hörte er den Ansagetext von Svenjas Mailbox wieder und wieder ab. Er hatte es - verbotener Weise - aufgenommen.

Als er Anfang Dezember ein Billet von Johanna bekam, war seine Überraschung schon sehr groß.

EINLADUNG

"Liebe Freunde!

Ich möchte euch ganz herzlich für den 20. Dezember einladen, um mit mir und meiner Familie meinen <runden> Geburtstag zu feiern.

Ihr könnt selbstverständlich als meine Gäste bei mir übernachten.

Kleine Geschenke sind willkommen; aber nicht nötig.
Gute Laune als Mitbringsel wäre mir lieber.

Ich freue mich jetzt schon auf euer Kommen, das ihr mir bitte rechtzeitig zusagen wollt.

Bis dahin liebe Grüße aus dem Krähennest

Eure Johanna."

Johanna hatte handschriftlich noch einen Zusatz vermerkt:

"Lieber Jan, ich hoffe sehr, dass du meine Einladung annehmen wirst. Es wäre eine gute Gelegenheit dich mit Svenja auszusprechen, zumal ich weiß, dass du sie bisher nicht kontaktiert hast. Bitte, sag nicht NEIN!
Liebe Grüße Johanna!

PS: du kannst auch gern ein paar Tage früher kommen."

Jan hatte Herzklopfen als er die Einladung und im Besonderen den persönlichen Vermerk am Ende las.

Er schwankte zwischen Freude und Angst hin und her. Freude darüber, Svenja wiedersehen zu können und Angst vor dem unausbleiblichen Gespräch.

Als er die Nummer von der Pension wählte und kurz darauf Johannas Stimme hörte, wollte er schon wieder auflegen.

Aber die gespeicherte Nummer auf dem Display von Johannas Telefon, veranlasste Johanna spontan zu sagen:

"Hallo Jan, schön, dass du anrufst."

"Hallo Johanna, wie geht es dir?"

"Wie soll es einer alten Frau schon gehen?"

"Ich hoffe, doch gut; oder?"

"Bin zufrieden. Und wie geht es dir?"

"Ich bin mir nicht sicher, wie es mir geht, Johanna. Und noch weniger bin ich mir sicher, ob ich deine Einladung annehmen soll."

"Das kannst du mir nicht antun", sagte Johanna bestimmt, "und Svenja auch nicht. Ich dachte, du liebst meine Svenja."

"Natürlich liebe ich Svenja, und es bringt mich fast um..."

"Was ist nur los mit dir?" fragte Johanna, "Ich dachte, du wärst ein Mann; aber jetzt bin ich mir gar nicht mehr so sicher."

Diese Worte trafen Jan wie ein Keulenschlag. Sein Selbstbewusstsein, das er stets wie ein großes Banner vor sich hertrug, schrumpfte gerade auf Taschentuchgröße.

Nach dem schrecklichen Ende von Madeleine hatte sich Jan einen dicken Panzer zugelegt. Er hielt stand bis zu jenem Tag, als er Svenja begegnete.

Sie hatte seinen Panzer durchdrungen und den Zugang zu seinen gut versteckten Gefühlen gefunden. Jan konnte plötzlich wieder Liebe und Begehren spüren.

Und anstatt sich darüber zu freuen, wünschte er, es wäre alles wieder wie zuvor. Er hatte sich mit seinem beschaulichen und übersehbaren Leben bestens arrangiert. Und das drohte jetzt plötzlich aus den Fugen zu geraten.

"Bist du noch dran?" durchdrang Johanna die Stille, "oder hast du dich irgendwo verkrochen?"

Johanna fuhr jetzt starkes Geschütz auf. Sie war nicht willens Jan in seinem Selbstmitleid ertrinken zu sehen.

"Entweder du kommst freiwillig oder ich komme aufs Festland und hole dich!"

Jan, gerade noch in seinem Unglücklichsein verstrickt, musste lachen.

"Na siehst du", sagte Johanna, "geht doch. Also Schluss mit den Fisimatenten. Du kommst, und dann redest du mit Svenja. Entweder sie küsst dich oder sie scheuert dir eine.

Wie auch immer; du weißt dann wenigstens, woran du bist. Wenn sie nicht will, ich nehm dich mit Handkuss. Aber wahrscheinlich bin ich dir zu alt."

Da war er wieder, der Stachel. Die unbedachte Äußerung von Johanna entfachte erneut den Zweifel bei Jan.

"Ich überlege es mir, Johanna", sagte Jan, "ich rufe dich wieder an."

Und noch bevor Johanna etwas erwidern konnte, hatte Jan das Gespräch beendet. Johanna hätte sich am liebsten auf die Zunge gebissen.

****

"Wirst du Weihnachten in diesem Jahr mit deinem Schatz verbringen?" fragte Paul bei ihrer allwöchentlichen Schachpartie.

"Wieso?" antwortete Jan, "wollt ihr mich nicht mehr haben?"

Paul schaute seinen Freund erstaunt an.

"Ich dachte nur..."

"Nein", sagte Jan, "das war alles nur ein Traum. Das wäre niemals gut gegangen."

"Aber wieso nicht?" fragte Paul. "Das kannst du doch gar nicht wissen."

"Schau mich doch an", antwortete Jan, "ich: ein alter Sack und Svenja: eine junge Frau in den besten Jahren."

"Das ist doch totaler Unsinn", sagte Paul. "Und das weißt du auch."

"Es ist lieb von dir, dass du das sagst; aber ich habe mich klar entschieden."

Paul konnte in Jans Stimme nicht nur Resignation sondern auch eine tiefe Traurigkeit erkennen. Er kannte seinen Freund schon viel zu lange, als dass er Jans Worten Glauben geschenkt hätte.

"Du belügst dich gerade selbst, mein Freund!"

Jan schaute Paul lange ins Gesicht und zog dann das Einladungsbillet von Johanna aus seiner Jackentasche. Er hielt es Paul hin mit den Worten:

"Lies das, und dann sage mir, was du davon hältst."

Paul nahm das Billet und las. Und noch während er las, erhellte sich sein Gesicht und er sagte:

"Deine Schwiegermutter ist eine tolle und vernünftige Frau. Sie hat vollkommen recht, mit dem, was sie schreibt. Und nur ein Esel würde der Einladung nicht nachkommen."

Jan schaute Paul entgeistert an. Er hatte im Stillen gehofft, Paul würde sich seiner Einstellung anschließen und ihm somit einen Teil der Verantwortung abnehmen.

Und als hätte Paul Jans Gedanken gelesen, legte er nach und sagte:

"Du willst doch hoffentlich nicht solch ein Esel sein, oder?"

****

So hatte Jan die Insel zuvor noch nie gesehen. Das lag daran, dass er sie als Kind immer nur im Sommer erlebt hatte und später als Erwachsener im Herbst.

Der Winter, der schon vor der Tür stand, hatte die Dünen über Nacht mit einer dicken Schneedecke überzogen.

Ein scharfer Wind wischte über das Land und trieb den aufgewirbelten Schnee wie mit einer Peitsche vor sich her.

Es war zwei Tage vor Johannas Geburtstag, und Jan hatte sich dazu durchgerungen an der Feier teilzunehmen. Wirklich wohl fühlte er sich aber nicht.

Johanna stand in der Tür und strahlte über das ganze Gesicht, als Jan auf sie zuging. Sie musste wohl auf ihn gewartet haben oder es war ganz einfach nur Zufall.

"Ich freue mich so dich zu sehen", sagte sie, "ich hatte schon Angst, du würdest nicht kommen."

Eigentlich hätte sie "kneifen" sagen wollen, hatte aber gerade noch die Kurve zu "nicht kommen" erwischt.

"Komm schnell herein", sagte Johanna, "und schließ die Tür. Du hättest ruhig ein besseres Wetter vom Festland mitbringen können."

"Hätte ich gern gemacht, liebe Johanna", antwortete Jan, "ging aber nicht. Da ist das Wetter genau so schlecht."

"Du hast dasselbe Zimmer wie immer", sagte Johanna und reichte Jan. den Schlüssel.

"Mach dich erst einmal frisch und ich setze inzwischen das Teewasser auf. Oder möchtest du lieber einen Grog?"

"Nein, Tee ist in Ordnung", sagte Jan und stieg die Treppe zum oberen Stock hinauf.

Als er Minuten später wieder herunter kam, stand der Tee schon auf dem Tisch.

"Wie ist es dir ergangen?" begann Johanna eine Unterhaltung.

"Ganz gut", antwortete Jan mit einer Lüge, die selbst Johanna nicht verborgen blieb.

"Und das soll ich dir glauben?" fragte Johanna und lächelte Jan dabei an.

"Entschuldige bitte, Johanna", antwortete Jan, der sich gerade wie ein ertappter Schuljunge fühlte. "Es ist mir nicht gut gegangen, und ich weiß nicht, wie ich das ändern soll."

"Natürlich weißt du das", entgegnete Johanna, "sag es ihr einfach!"

"Ist sie auch schon da?" fragte Jan schüchtern.

"Nein, sie kommt erst morgen", antwortete Johanna, "zusammen mit Thorsten und Maike."

****

Der nächste Tag zeigte sich in hellstem Sonnenschein. Als Jan die Treppe herunter kam, sah er durch die Glastür, welche in den Frühstücksraum führte, Svenja mit ihren Kindern beim Frühstück sitzen.

Er hatte länger geschlafen, als er eigentlich wollte, aber die vergangene Nacht unterschied sich deutlich von den vielen Nächten davor.

Man hätte annehmen sollen, dass die bevorstehende Begegnung mit Svenja ihm eine ruhelose Nacht bescheren müsste; doch genau das Gegenteil war der Fall.

"Möchtest du dich zu uns setzen?" begrüßte Svenja den Langschläfer mit einem einladenden Lächeln.

"Ich möchte nicht stören", antwortete Jan, um eine zwanglose Haltung bemüht, was jedoch nicht wirklich funktionierte.

"Unsinn", sagte Svenja, "du störst keineswegs."

Jan setzte sich an den Tisch und Svenja begann mit der Vorstellung:

"Kinder, das ist Herr Bornemann, ein lieber und langjähriger Gast eurer Großmutter. Jan, das sind Thorsten und Maike, meine Kinder."

"Ein lieber und langjähriger Gast", wiederholte Jan bei sich selbst und vermochte sich nicht gegen eine aufsteigende Enttäuschung zu wehren.

Er hätte sich in diesem Augenblick gewünscht, die Vorstellung wäre anders verlaufen. Wie sehr hätte es ihm geholfen, Svenja hätte ihn als "ihren lieben Freund" vorgestellt und nicht als "lieben Gast von Johanna".

Die Vorgestellten lächelten einander zu und widmeten sich dann weiterhin ihrem Frühstück. Als sich Svenja hinter der aktuellen Ausgabe der "Inselpost", einer Tageszeitung, versteckte, wollte Jan aufstehen und gehen.

Daraus wurde jedoch nichts, weil Johanna an den Tisch getreten war und sagte:

"Ich habe für euch beide die Sauna eingeheizt. Ich denke, nach dem Frühstück könnt ihr schon hinein gehen."

Svenjas und Jans Entsetzen hätte nicht größer sein können, als sie die drohenden Worte Johannas vernahmen.

Was so selbstverständlich klang, war ein Unding schlechthin, denn Jan und Svenja hatten zuvor noch nie gemeinsam die Sauna besucht.

"Die Wärme wird euch gut tun und ihr könnt euch in Ruhe unterhalten."

Der Widerspruch, der sich bei den beiden Betroffenen zu formieren begann, verließ jedoch nicht ihre Münder. Sie schienen wie paralysiert und von der bestimmenden Art Johannas fest umklammert.

Svenja, die sich als Erste gefasst zu haben schien, antwortete - begleitet von einem zürnenden Blick - in gespielter Gelassenheit: "Vielen Dank, Mutter!"

****

In der Sauna herrschte eine sehr große Hitze. Es war, als hätte der Teufel persönlich eingeheizt. Jan war als

Erster hinein gegangen. Er hatte starke Zweifel, ob Svenja das Spiel überhaupt mitmachen würde.

Er wollte die Kammer gerade verlassen, als Svenja herein trat.

"Wenn ich bisher so meine Zweifel hatte, so weiß ich es jetzt genau: Johanna ist eine Hexe."

"Spricht eine brave Tochter so über ihre liebe Mutter?" ließ sich Jan auf die Bemerkung Svenjas ein.

"Von welcher lieben Mutter sprichst du", fragte Svenja, "doch nicht etwa von Johanna?"

Beide lachten und das Eis schien gebrochen. Als Svenja jedoch das Tuch öffnete, das um ihren Körper geschlungen war, um es auf den Sitzbrettern auszubreiten, war alle Lockerheit wieder dahin.

Jan, der seine Nacktheit im unteren, wesentlichen Bereich sicher verwahrt hatte, spürte einen Schauer, der den ganzen Körper ergriff.

Dieser wunderbare, wohlgeformte und straffe Körper bildete das perfekte Kontrastprogramm zu dem seinen.

Nicht, dass sein Körper deutliche Verfallserscheinungen aufwies, so war er doch schon vom drohend nahen Alter etwas beeinträchtigt. Da vermochte auch regelmäßiger Sport nicht darüber hinweg zu täuschen.

"Wie schön du bist..."

Diese bewundernden Worte hatten sich verselbständigt und hatten unzensiert Jans Seele verlassen.

"Vielen Dank!" sagte Svenja, begleitet von einem bezaubernden Lächeln.

"Ist dir nicht zu heiß?" fragte Svenja mit Blick auf die Verpackungskünste ihres Mitsaunierers.

Jan öffnete vorsichtig sein Badetuch, drapierte aber dessen Ecken gefühlvoll über seine Oberschenkel.

Svenja hatte dies mit einer gewissen Freude bemerkt und wendete sich nun mit einem unseligen Ansinnen an Jan:

"Würdest du bitte etwas Wasser aufgießen?"

Jans Gesicht verfärbte sich dunkelrot, und es kam nicht von der Hitze in der Sauna. Er wagte einen kleinen Versuch dem Dilemma zu entfliehen:

"Ich glaube, es ist heiß genug. Findest du nicht?"

"Nur einen kleinen Schöpfer. Bitte, lieber Jan!"

Jan stand auf, ging zum Ofen, nahm den Schöpfer und entleerte das Wasser über den Steinen. Ein lautes Zischen und aufsteigender Dampf quittierten sein Handeln.

Bis dahin war die Aktion problemfrei. Der wirklich schwierige Teil stand Jan noch bevor: das Zurückgehen zu seinem Platz. Er konnte dies ja schlecht im Rückwärtsgang bewältigen.

Als er sich umdrehte, schaute Svenja ihn unverwandt an und sagte anerkennend:

"Auch du bist schön anzusehen..."

Obwohl der Weg vom Saunaofen zur Sitzbank nicht sehr lang war, kam er Jan vor wie ein Marathonlauf.

Die beiden Menschlein, gnadenlos der List von Johanna ausgeliefert in einer kleinen Kammer sitzend, warteten noch ein paar Minuten und verließen dann den Ort des Schreckens.

Zumindest war das die Empfindung von Jan; Svenja schien es genossen zu haben.

"Warum hast du dich nie gemeldet?" fragte Svenja. Sie hatten nach dem Abduschen auf den Liegen im Ruheraum Platz genommen.

"Ich habe mich gemeldet", antwortete Jan, "aber am anderen Ende der Leitung war immer nur der Anrufbeantworter."

"Hast du öfter angerufen?" fragte Svenja, und nachdem Jan die Frage überging, fuhr sie fort:

"Du hättest doch eine Nachricht hinterlassen können."

"Das war mir zu unpersönlich", antwortete Jan, der die ganze Zeit über vermied Svenja anzuschauen.

Es folgte ein langes Schweigen. Jan war bewusst, dass Svenja seine Lüge durchschauen würde, und er wartete auf eine entsprechende Reaktion.

Nachdem sich Svenja jedoch in Schweigen hüllte, machte er seinerseits einen zaghaften Versuch.

"Du hättest dich ja auch einmal bei mir melden können."

"Das war nicht möglich", antwortete Svenja, "ich hatte ja keine Telefonnummer von dir."

Jan wollte schon einwenden, dass Svenja ohne Probleme sich seine Telefonnummer von Johanna hätte besorgen können, unterließ es aber.

"Es wäre wohl unfair ", sagte er zu sich selbst, und er überlegte, wie viel Sinn die Fortsetzung dieses Gesprächs wohl noch haben könnte.

Da taten sich die Worte Johannas und seines Freundes Paul in seinem Gedächtnis auf, die ihn die alles entscheidenden Worte sagen hießen:

"Ich liebe dich, Svenja. Ich liebe dich vom ersten Moment unserer Begegnung an."

Jans Schläfen pochten wie wild. Nun war es heraus. Angst schnürte ihm die Kehle zu und sein Herz pochte in ängstlicher Erwartung ob Svenjas Reaktion auf sein Geständnis.

Aber es geschah nichts. Svenja musste doch irgendetwas sagen oder irgendetwas tun. Jan hielt es nicht mehr länger aus. Er presste mühsam hervor:

"Und was empfindest du für mich, Svenja?"

Svenja hatte sich Jan zugewandt. Auch Jan wendete seinen Kopf und sah in ein Gesicht, das von Unsicherheit und großem Erstaunen erfüllt war.

Er wusste im selben Augenblick, dass er verloren hatte.

"Ich mag dich auch", sagte Svenja leise

****

"Kannst du nicht morgen fahren?" fragte Johanna, als sich Jan von ihr verabschiedete.

"Nein, es geht nicht, es tut mir sehr leid."

Jan hatte Johanna erzählt, dass er in der Nacht angerufen worden war, weil sein Freund im Sterben liegt, und dass er schnellstens zu ihm eilen müsse.

Johanna wusste zwar nicht, wer der Freund war um den es ging; hatte aber eine Vermutung. Es war nicht zu übersehen, dass sich Svenja und Jan den Rest des gestrigen Tages aus dem Weg gingen.

Als Jan am frühen Abend in sein Zimmer gegangen war, stellte Johanna ihre Tochter zur Rede:

"Was ist los mit euch beiden?" begann Johanna das Verhör.

"Nichts", antwortete Svenja, "was soll los sein?"

"Verkaufe deine alte Mutter nicht für blöd", sagte Johanna und ihr Ton wurde rauer.

Svenja hatte ihre Mutter noch nie erfolgreich belügen können. Das war schon als Kind so und das hatte sich auch nicht geändert.

"Jan hat mir vorhin eine Liebeserklärung gemacht", sagte Svenja.

"Das ist ja wunderbar", antwortete Johanna. "und wo liegt jetzt das Problem?"

"Ich weiß es nicht", antwortete Svenja.

"Svenja, Margarete!" sagte Johanna und das war ein klares Indiz dafür, dass bald Sturm aufkäme, würde Svenja weiter lügen. "Und was hast du geantwortet?"

"Dass ich ihn auch mag", antwortete Svenja.

"Was hast du?" stieß Johanna voller Entsetzen hervor. "Bist du von allen guten Geistern verlassen?"

"Aber wieso denn?" fragte Svenja, die mit der Aufregung ihrer Mutter gerade nichts anzufangen wusste.

"Stell dir vor, das Kind des Nachbarn sagt deinem Kind, dass es viel schöner als dein Kind wäre", begann Johanna ihrer Tochter den Unterschied zwischen "lieben" und "mögen" zu erklären. "Und dein Kind kommt dann nach Hause und erzählt dir unter Tränen, was das Nachbarkind gesagt hatte. Sie erzählt das in der Hoffnung bei ihrer Mutter Trost zu finden. Und dann antwortest du deinem Kind: aber du bist doch auch recht hübsch. Glaubst du denn wirklich, das ist die Antwort, die dein Kind von dir erwartet?"

Svenja schaute in die funkelnden Augen ihrer Mutter und kam sich sehr verloren vor. Sie verstand nicht, was sie so Schreckliches getan haben sollte.

Johanna las die Verständnislosigkeit in Svenjas Gesicht und setzte nach:

"Dieser wunderbare Mann legt dir sein Herz zu Füßen und was machst du? Du stößt ihn zurück. Warum?"

"Weil ich nicht noch einmal verletzt werden möchte", antwortete Svenja, und die Tränen rannen über ihr Gesicht. Sie nahm ihre Jacke, die an der Garderobe neben der Eingangstür hing und stürzte hinaus.

"Was ist mit Mama los", fragte Thorsten, der hinzu gekommen war, "habt ihr wieder einmal gestritten?"

Johanna schaute ihren Enkel mit gestrengem Blick an und sagte dann:

"Suche deine Schwester! In fünfzehn Minuten Krisensitzung in meinem Büro."

****

Thorsten, das ältere der beiden Geschwister, hatte sich nach dem Abitur eine Auszeit genommen. Er war in ein Aschram nach Indien gereist, um sich mittels höherer Spiritualität selbst zu verwirklichen.

Ein Aschram ist ja nichts anderes als ein klosterähnliches Meditationszentrum, eine religiöse Herberge, und bedeutet "Ort der Anstrengung".
Hätte man dies Thorsten vorher erklärt, hätte er sich die Reise ersparen können; denn "Anstrengung" war nie wirklich sein Ding.

Er begnügte sich damit am Rockzipfel seiner Mutter zu hängen, die ihrem Sonnenschein all die Liebe zuteilwerden ließ, die sie einem potentiellen Partner verweigerte.

Thorsten kam schon sehr bald wieder aus Indien zurück, um sich dem echten Leben zu stellen. Er fügte sich dem Wunsch der Mutter, in ihre Fußstapfen zu treten und Jura zu studieren.

Svenja war Rechtsanwältin und arbeitete in einer großen Kanzlei. Den Sprung zur Teilhaberin hatte sie bislang in dem männerdominierten Rechtsbetrieb noch nicht geschafft.

Die Begeisterung Jura zu studieren hielt sich bei Thorsten jedoch in Grenzen. Und die Aussicht auf einen erfolgreichen Studienabschluss war eher minimal.

Ganz anders hingegen Maike. Sie hatte mit achtzehn Jahren Abitur gemacht und befand sich schon im zweiten Studienjahr für Medizin.

Mit der Rolle der "zweiten Geige" hatte sie sich längst abgefunden; denn die "erste Geige" spielte unangefochten Thorsten, selbst jetzt noch, wo seine Leistungen an der Uni äußerst mäßig waren.

Sie litt sehr darunter keinen Vater zu haben. Svenjas geschiedener Ehemann kümmerte sich nicht um die Kinder, und er lehnte auch jeglichen Kontakt zu ihnen ab.

Es gab immer wieder kleinere Scharmützel zwischen Mutter und Tochter. Besonders dann, wenn Thorsten wieder einmal unter chronischer Geldknappheit litt und seiner Mutter sehr gekonnt den ein oder anderen Geldschein entlockte.

Zu ihrer Großmutter hatte Maike ein inniges Verhältnis. Johanna beobachtete mit Argwohn und Sorge, wie Svenja ihre Kinder unterschiedlich und vor allem ungerecht behandelte.

Und deshalb sorgte sie für einen gewissen Ausgleich, indem sie für Maike immer wieder einmal ihre Geldbörse öffnete. Für Thorsten blieb sie jedoch verschlossen.

****

"Ich habe mit euch etwas Wichtiges zu besprechen", begann Johanna, "und ich wünsche, nein ich erwarte von euch, dass das Gespräch auf Erwachsenenniveau stattfindet.

Also keine blöden Bemerkungen oder dummen Sprüche; habt ihr das verstanden?"

Die beiden Enkel von Johanna nickten. Was sonst auch hätten sie tun sollen, war doch die Entschlossenheit der Großmutter deutlich für sie erkennbar.

"Ihr habt doch den netten Herrn gestern Morgen kennengelernt, der mit euch am Frühstückstisch saß", fuhr Johanna fort, "dieser Mann liebt eure Mutter."

"Wir brauchen keinen Vater, wir haben schon einen", giftete Thorsten und zog sich damit den Unmut seiner Großmutter zu.

"Du hörst wohl schlecht, du Dummkopf", polterte Johanna laut, "was habe ich gerade gesagt: keine blöden Bemerkungen!"

Johanna hatte dies in einem Ton gesagt, der in seiner Schärfe nicht mehr zu überbieten war.

"Und was den Vater betrifft, den du gerade erwähnt hast - das ist wahrlich kein Ruhmesblatt. Er hat euch und eure Mutter im Stick gelassen, als ihr noch klein ward, er hat sich nie um euch Kinder gekümmert, ja, er hat noch nicht einmal ordentlich Unterhalt bezahlt.

Und was Herrn Bornemann betrifft, so geht es ausnahmsweise einmal nicht um dich, du hoffnungsloser Student, sondern um deine verklärte Mutter, die in dem Wahn lebt, aus dir könnte ein Anwalt werden.

Du könntest maximal einmal meine Pension übernehmen, wenn ich nicht mehr bin. Und selbst damit wärst du noch überfordert."

Johanna hatte sich in Rage geredet. Sie fühlte, wie sich ihr Herz zusammen krampfte, und es wurde ihr einen Moment lang schwarz vor Augen.

"Geht es dir nicht gut?" fragte Maike besorgt und schaute dabei zürnend auf ihren Bruder. Thorsten hatte erkannt, dass er wohl zu Johannas augenblicklichem Zustand wesentlich beigetragen hatte und sagte:

"Es tut mir leid, Omi; es war dumm von mir. Bitte, entschuldige!"

Die Sorge, vielmehr die Angst, die Großmutter könnte womöglich gleich tot vom Stuhl kippen, ließ ihn sogar die harschen Worte von Johanna vergessen.

"Ist ja gut, Junge", sagte Johanna, die sich zwischenzeitlich wieder etwas erholt hatte.

"Soll ich dir ein Glas Wasser holen?" fragte Maike, die schon aufgestanden war, um in die Küche zu gehen.

"Nein", antwortete Johanna, "setz dich wieder hin und hört mir weiter zu."

Und zu Thorsten sagte sie:

"Du musst nicht alles ernst nehmen, was ich vorhin gesagt habe; ich habe das nicht so gemeint."

Und als Thorsten sein Lächeln wieder gewonnen hatte und seiner Großmutter dankbar zunickte, ergänzte sie noch:

"Du wirst ganz bestimmt einmal ein toller Anwalt."

Den Zusatz: "Aber vielleicht erst in hundert Jahren" ließ sie jedoch tunlichst weg.

"Was wolltest du uns denn eigentlich über Herrn Bornemann sagen?" versuchte Maike das Gespräch wieder in Gang zu bringen.

"Jan Bornemann ist ein wunderbarer Mann, der imstande ist eurer Mutter all die Liebe zu geben, die sich eine Frau nur wünschen kann.

Ich kenne ihn seit vielen, vielen Jahren. Ich kenne ihn schon, da ward ihr noch gar nicht auf der Welt.

Und ich kenne ihn sogar noch länger als ich eure Mutter kenne."

"Wie ist das möglich?" fragte Thorsten und lieferte einmal mehr den Beweis für seine nur spärlich vorhandene Intelligenz. Dass er sein Abitur geschafft hatte, verdankte er der üppigen Investition für Nachhilfestunden.

"Weil er vielleicht älter als Mama ist?" sagte Maike und sah ihren Bruder dabei an, über dessen Gesicht gerade der Schein der Erkenntnis huschte.

"Dieser Mann hat eurer Mutter eine Liebeserklärung gemacht, und sie hat sie nicht angenommen."

"Weil sie ihn nicht liebt?" fragte jetzt Maike.

"Nein", antwortete Johanna, "weil sie dumm ist und weil sie Angst hat",.

"Angst wovor?" fragte Maike.

"Dass sie von diesem Mann genau so enttäuscht wird wie von eurem Vater", antwortete Johanna.

Es folgte betretenes Schweigen. Die Kinder sahen einander an, sie schauten auf Johanna, und Johanna schaute auf sie.

"Und was erwartest du von uns?" fragte Maike verunsichert. "Du erwartest doch etwas von uns, oder nicht?"

"Ja, Kinder", antwortete Johanna, "ich erwarte etwas von euch. Und es ist noch nicht einmal viel."

"Dann sag es doch, Omi!" kam der überraschende Beitrag von Thorsten.

"Ich erwarte von euch..."

Johanna hielt kurz inne und fuhr dann fort:

"Ich bitte euch aus ganzem Herzen: helft eurer Mutter! Helft ihr die Ängste abzubauen, die ihr ein eigenes Glück versagen.

Macht ihr klar, dass ihr euch für eure Mutter die Liebe eines Mannes wünscht, die sie so lang entbehrt hat, und die sie mehr als alles andere verdient. Gebt ihr ein wenig vom dem zurück, das sie euch über so viele Jahre geschenkt hat."

Nach dieser flammenden Rede von Johanna herrschte atemlose Stille. Einzig das Ticken der alten Wanduhr, die schon seit Generationen an der Wand hing, durchbrach die Stille.

Johanna und Maike hatten Tränen in den Augen. Thorsten hätte sich vielleicht sogar angeschlossen, wäre ihm da nicht seine Männlichkeit arg im Weg gestanden.

"Das machen wir, Omi", sagte er stattdessen, "du kannst dich ganz auf uns verlassen."

Maike war aufgestanden und ging zu ihrer Großmutter hin. Sie umarmte sie und drückte sie ganz fest.

"Das ist das schönste Geburtstagsgeschenk, das ihr mir machen konntet", sagte die Johanna, "ihr seid ja doch gute Kinder. Ich danke euch sehr!"

"Aber heute Abend, da wird gefeiert", sagte Thorsten und läutete damit das Ende der Krisensitzung ein.

"Das machen wir, mien Jung", sagte Johanna lachend und fügte hinzu:

"Nur schade, dass Jan nicht dabei ist..."

****

Bevor Jan sich von Johanna verabschiedet hatte, hatte er ihr in seinem Zimmer noch einen Brief neben sein Geschenk gelegt mit der Aufschrift: "Bitte erst morgen öffnen!"

"Liebe Johanna,

ich möchte mich bei dir entschuldigen, dass ich so abrupt abgereist bin, aber ich wollte dir deinen Ehrentag nicht verderben.
Vielleicht hast du ja inzwischen den wahren Grund meiner Abreise in Erfahrung bringen können.
Ich hätte nicht geglaubt, dass ich je wieder lieben könnte und doch ist es passiert.
Als ich Svenja begegnet bin, hat sich in mir ein Gefühl eröffnet, von dem ich sicher war, es sei nicht mehr vorhanden.
Ich habe leider den großen Fehler begangen diesem Gefühl nachzugeben, und ich habe mich dadurch zum Affen gemacht.
Es ist eine sinnvolle Einrichtung der Schöpfung, dass der Körper im Laufe der Zeit immer weniger wird, um dann irgendwann einmal zu zerfallen.
Aber es ist eine Grausamkeit ohnegleichen, dass die Seele weder Zeit noch Raum kennt.
Wie sonst könnte man erklären, dass Gefühle, wie Freude, Trauer, Schmerz alterslos sind. Man fühlt als Fünfzig- oder Sechzigjähriger nicht anders wie ein Zwanzig- oder Dreißigjähriger.
Und zu diesen Gefühlen gehört nun einmal auch die Liebe, die Königin unter den Gefühlen.
Sie kann den Menschen erhöhen oder in einen tiefen Abgrund stürzen. Mich hat sie zerstört.
Liebe Johanna, es ist mir sehr wichtig, dass du weißt, dass ich Svenja keineswegs böse bin.

Nicht sie hat mich in den Abgrund gestürzt; sondern ich mich selbst.

Es war meine Überheblichkeit, die mich annehmen ließ, dass eine bezaubernde, aber für mich viel zu junge Frau, einen alten Esel wie mich lieben oder gar begehren könnte.

Ich schäme mich, dass ich deine Tochter derart in Verlegenheit gebracht habe mit meiner pubertären Liebeserklärung.

Bitte sie in meinem Namen um Verzeihung und sage ihr, dass ich ihr alles Gute wünsche und dass sie vielleicht eines Tages einen Mann in ihrem Alter findet, der zu ihr passt und ihre Liebe verdient.

Sag ihr auch, sie soll nicht allein bleiben; es wäre eine furchtbare Verschwendung.

Liebes Geburtstagskind, ich wünsche dir alles erdenkbar Gute, bleibe gesund, und vor allem bleibe wie du bist. Du bist ein ganz besonderer Mensch mit dem Herzen am rechten Fleck.

Das Geschenk, das ich für dich habe, ist ein sehr kostbares Geschenk. Ich werde dir irgendwann erklären, warum das so ist.

Ich hoffe, es gefällt dir ein wenig, und ich freue mich schon auf unser nächstes Wiedersehen. Irgendwann, wenn ich etwas Abstand zu dem Geschehenen gewonnen habe.

In lieben Gedanken

Jan."

Johanna hatte den Brief unmittelbar nach Jans Abreise vorgefunden und geöffnet. Sie hatte ihn mehrmals gelesen und sie hatte dabei geweint.

Es waren Tränen der Rührung; aber es waren auch Tränen der Wut. Sie rief laut nach Svenja, ja sie schrie förmlich den Namen ihrer Tochter.

"Was ist denn los?" fragte Svenja, "warum schreist du denn so?"

Johanna streckte ihrer Tochter den Brief entgegen und sagte:

"Lies das! Dann weißt du es..."

****

Mit jedem Kilometer, den Jan zwischen sich und dem Krähennest gebracht hatte, wurde ihm leichter ums Herz. Er war seltsam ruhig und gefasst, was er sich selbst nicht zu erklären wusste.

Er hatte geglaubt noch einmal die große Liebe gefunden zu haben, und er wurde bitter enttäuscht. Es drohte ihm noch vor wenigen Stunden das Herz aus der Brust zu reißen, und jetzt fuhr er völlig unaufgeregt mit seinem Auto nach Hause.

Als er in seiner Wohnung angekommen war, verspürte er eine Leere und eine große Müdigkeit. Das Telefon läutete. Er sah auf das Display und erkannte, dass es Paul war.

"Er wird es wohl die ganze Zeit gewesen sein", dachte Jan, und er drückte den Anruf weg, genauso wie er die anderen Anrufe seines Freundes seit gestern Abend weggedrückt hatte.

Jan legte sich in sein Bett, beseelt nur von einem einzigen Wunsch: schlafen und vergessen.

Es war später Nachmittag und die Nacht drang schon durch die Fenster seines Schlafzimmers, als Jan aufwachte. Es hatte wieder geläutet; aber dieses Mal war es an der Wohnungstür.

Die Augen noch halb geschlossen, ging Jan zur Tür und öffnete.

"Was machst du denn hier?" sagte Jan, als er sah, wer ihn besuchte.

"Das fragst du noch?" antwortet Paul und trat ein.

"Wieso gehst du nicht an dein Telefon?"

"Weil ich keine Lust habe", antwortete Jan und wollte schon wieder zurück in sein Schlafzimmer gehen; aber Paul hielt ihn am Ärmel fest.

"Du bleibst hier", sagte er bestimmt, "und du erzählst mir augenblicklich, was mit dir los ist!"

"Was soll schon sein", antwortete Jan. "Die Liebe hat mir einmal mehr das Herz gebrochen..."

"Pass auf, du triefst", sagte Jan.

"Was heißt das denn?" fragte Jan erstaunt seinen Freund.

"Du triefst vor lauter Selbstmitleid", antwortete Paul. "Und wenn du damit fertig bist, dann kannst du mir ja vielleicht mehr darüber erzählen."

Jan schaute seinen Freund wie durch einen Schleier an. Es waren die Nachwirkungen mehrerer Gläser Whisky, welche Jan vor dem Niederlegen konsumiert hatte.

"Ich mach uns jetzt erst einmal einen starken Kaffee", sagte Paul, "damit du wieder klar denken kannst und aufhörst wirres Zeug zu reden."

Jan setzte sich und ließ seinen Freund gewähren. Danach erzählte er ihm, was geschehen war und warum er sich wie der ärmste Mensch auf Gottes Erdboden vorkam?

"Es wird noch eine Weile weh tun", sagte Paul, der seinem Freund aufmerksam zugehört hatte, "aber es wird weniger werden und irgendwann auch wieder vorbei sein."

"Das kann ich mir im Augenblick nicht vorstellen", antwortete Jan, "dafür tut es viel zu weh."

"Aber ja", sagte Paul, "jetzt feiern wir erst einmal Weihnachten zusammen und dann sehen wir weiter."

"The same procedure as last year?" fragte Jan und Paul antwortete:

"The same procedure as every year, dear friend!"

Es schien, als hätte Jan seinen Humor wieder gefunden; aber das täuschte gewaltig. Er spielte mit Paul noch eine Partie Schach, und dann verabschiedeten sich die beiden Freunde.

Paul und Elke warteten an Heiligabend vergeblich auf den Freund. Jan hatte unmittelbar nach seiner Schachpartie mit Paul den Aufenthalt in einem Wellness-Hotel gebucht.

Er wollte dort bis ins neue Jahr bleiben, um so dem "Tanz um den Weihnachtsbaum" zu entgehen, den er all die Jahre zuvor mit seinen Freunden genossen hatte.

****

Als er im Hotel angekommen war, stellte er als erstes sein Smartphone auf "Flugmodus", um für niemanden erreichbar zu sein.

In der Eingangshalle des Hotels stand ein riesiger Christbaum und aus irgendwelchen Lautsprechern klangen "Jingle Bells" und Co.

"Hört man dieses Gedudel im gesamten Hotelbereich?" fragte er die Rezeptionistin, in der festen Absicht sofort abzureisen, wenn dies der Fall wäre.

"Nein, nur im Empfangsbereich", kam die erlö-sende Antwort der jungen Frau.

Danach ließ sich Jan in seine Suite geleiten. Er zog sich gleich um und ging in den Spa-Bereich, um zu entspannen und den Kopf frei zu bekommen.

Das Hotel schien ausgebucht zu sein, was Jan schon bei der Reservierung aufgefallen war. Die einzig zur Verfügung stehende Destination war eine Suite.

Obwohl der Preis, den ihm die Dame am Telefon mitteilte, exorbitant war, sagte er dennoch zu.

Jan ging in die Sauna, drehte einige Runden im Pool und begab sich dann an die Bar. Es dauerte nicht lange und eine üppige Blondine, deren Alter schwer bis gar nicht einschätzbar war, gesellte sich zu ihm.

Die Art sich zu schminken und der Modeschmuck, den die Dame angelegt hatte, verriet Jan, dass es sich um eine "Jägerin" handelte. Sehr wahrscheinlich aus dem Lager der Verkäuferinnen oder auch kleinerer Angestellten kommend.

"Auch auf der Flucht vor dem Weihnachtsrummel?" versuchte sie Jan für sich zu interessieren. "Oder vor der Familie?"

Jan wollte der Cocktail schlürfenden Blondine zuerst die kalte Schulter zeigen, entschied sich dann aber um.

"So in der Richtung", antwortete er und sah sich die Dame etwas näher an. Das Ergebnis seiner Studie: "Etwas zu viel Make-Up; aber eine gute Figur."

"Gefällt dir, was du siehst?" fragte die Dame und bestätigte mit dem plötzlichen Übergang vom "Sie" zum "Du" Jans Vermutung, ihre Herkunft.

"Durchaus", antwortet Jan, der in diesem Augenblick beschloss alle Enttäuschung, die er durchlebt hatte und unter der er noch immer litt, mit Hilfe dieser Frau zu kompensieren.

"Dann lass uns keine Zeit verlieren", sagte die Frau, die sich zwischenzeitlich als Chantal vorgestellt hatte, und die im wahren Leben ganz sicher nicht so hieß.

Als Jan mit ihr in seine Suite ging, blieb Chantal der Mund offen stehen.

"Wow", sagte sie, "das ist ja eine voll krasse Bleibe."

Jan amüsierte sich über die spezielle Wortwahl. Er hatte sich schon vor langer Zeit damit abgefunden, dass die Sprache, die er einmal lehrte, zum Aussterben verurteilt war.

Der Livestyle, der über den großen Teich geschwappt kam, war im Begriff alles Schöne, was die deutsche Sprache zu bieten hat, gnadenlos zu ertränken.

"Kann ich kurz dein Badezimmer benützen?" fragte Chantal, und noch bevor Jan darauf antworten konnte, war sie dorthin verschwunden.

Als sie kurz darauf zurück kam, hatte sie sich - bis auf Höschen und BH - schon entkleidet.

"Du hast ja sogar einen Whirlpool", sagte sie, "den muss ich unbedingt probieren. Komm, zieh dich aus!"

Jan folgte Chantal zum Whirlpool und stieg mit ihr hinein.

"Wieso ziehst du dich nicht ganz aus?" fragte Chantal, die auch den Rest ihrer Kleidung abgestreift hatte. Jan trug noch seine Unterhose, als er in den Pool stieg.

"Ist mir angenehmer so", antwortete Jan und schaute in das verwirrte Gesicht von Chantal.

"Du bist ein komischer Kauz", sagte Chantal, "was machst du eigentlich beruflich?"

"Ich bin Werkzeugmacher", antwortete Jan.

Die Antwort war aus ihm heraus gebrochen, ohne dass er diese vorher überlegt hatte. Jan war überrascht, denn er verstand nicht, was ihn dazu bewogen hatte.

"Und dann kannst du dir diese Suite leisten?" fragte Chantal mit weit aufgerissenen Augen.

"Natürlich nicht", antwortete Jan, "die habe ich bei einem Preisausschreiben gewonnen."

Noch schneller, als Chantal in den Pool gestiegen war, stieg sie wieder hinaus.

"Spinnst du?" rief sie hysterisch, "glaubst du, ich steige mit einem gewöhnlichen Arbeiter ins Bett?"

"Ich hoffe, nicht", murmelte Jan, was Chantal jedoch schon nicht mehr hörte; denn sie war zwischenzeitlich mit größter Eile in ihre Kleider geschlüpft und aus der Suite geflüchtet.

Das Blubbern des Wassers im Pool klang wie Applaus. Es war, als würden Jans Schutzengel ihm Beifall zollen, dass er sich gerade noch aus den Klauen der wilden Chantal befreit hatte.

Nach dem Abendessen machte Jan noch einen Spaziergang durch den Park, inmitten dessen das Hotel gebaut worden war.

Die Nacht war sternenklar und friedvoll. Kein Wunder, war es doch die Heilige Nacht. Die Nacht, die sich von allen anderen Nächten des Jahres auf seltsame Art unterschied.

Jan dachte an Svenja. Er sah ihr liebes Gesicht vor sich, und er dachte daran, wie gern er mit dieser Frau seinen Lebensabend bestritten hätte...

****

Jan war schon kurz nach den Weihnachtsfeiertagen abgereist. Das, was er in dem Spa-Hotel zu finden glaubte, hatte er nicht gefunden.

Das Hotel als solches, und auch der Spa-Bereich ließen keine Wünsche offen. Und auch die übrigen Gäste - wenn man von Chantal einmal absieht - waren ganz in Ordnung.

Er hatte sogar eine weitere Dame kennenglernt, die auch eine wirkliche Dame war. Sie war seit einem Vierteljahr verwitwet und fürchtete sich davor das erste Weihnachtsfest ohne ihren geliebten Gatten zu verbringen.

Ihre Kinder hatten sie zwar eingeladen; aber das hatte sie abgelehnt. Sie wollte den Enkeln nicht zumuten mit ihrer - noch in tiefer Trauer verwurzelten - Großmutter unter dem Weihnachtsbaum zu stehen.

Jan und die nette Dame waren sich auf Anhieb sympathisch. Sie nahmen ihre Mahlzeiten an einem gemeinsamen Tisch ein, und sie erzählten einander ihr Leben.

Da sie beide anfänglich davon ausgingen einander sich nicht wieder zu begegnen, wenn ihr Aufenthalt im Hotel beendet wäre, konnten sie ihr Innerstes vor dem Anderen ausbreiten.

"Sie sollten um diese Frau kämpfen, lieber Jan", sagte Margarete Hagen, die verwitwete Dame aus gutem Hause, "das Leben kann so schnell vorbei sein."

"Um eine Liebe kämpfen?" fragte Jan. "Hat Liebe nicht mehr mit Hingabe zu tun, denn mit Kampf?"

"Grundsätzlich haben Sie natürlich recht", antwortete Margarete, "ich meine auch nicht kämpfen im Sinne von Gewalt, sondern nicht müde werden zu werben um den Menschen, den man liebt."

Jan ließ die Worte auf sich wirken, und als er nichts sagte, fuhr Margarete fort:

"Sie haben vielleicht viel zu schnell die Waffen gestreckt."

Kaum dass sie das gesagt hatte, musste Margarete lachen.
"Ich habe heute wohl meine martialische Phase; verzeihen Sie bitte. Vielleicht liegt es daran, dass mein Mann Offizier war."

Jetzt musste auch Jan lachen.

"Sie haben es gerade geschafft mich in heftige Zweifel zu stürzen", sagte er. "Sie könnten durchaus recht haben."

"Dann denken Sie erst einmal in Ruhe darüber nach", schlug Margarete vor. "Und wenn Sie zu einem Ergebnis gekommen sind, dann handeln Sie."

****

Jan hatte nicht nur darüber nachgedacht, er handelte auch. Es begann damit, dass er seinen Urlaub abbrach, um nach Hause zu fahren.

Er tat das aber nicht ohne sich von Margarete zu verabschieden. Entgegen der ursprünglichen Absicht, tauschten sie noch ihre Adressen aus, mit dem Vorsatz in Verbindung zu bleiben.

"Ich wünsche Ihnen viel Erfolg, mein Lieber", sagte Margarete, "und denken Sie daran: das Glück ist ein Vogerl, das sich nur schwer einfangen lässt."

"Das mache ich, liebe Margarte", antwortete Jan, "und danke für alles!"

Er gab ihr noch einen Kuss auf die Wange und fuhr dann davon, mit einer großen Portion Hoffnung im Gepäck.

****

"Ich bin wieder da!"

Mit diesen Worten begann Jan sein Telefonat mit Kurt.

"Ich muss erst überlegen, ob ich überhaupt noch mit dir spreche", antwortete Kurt.

"Gib mir bitte noch eine letzte Chance", sagte Jan und fügte hinzu:

"Ich lasse dich auch bei unserer nächsten Schachpartie gewinnen."

"Spinner!" antwortete Kurt. "Wo bist du denn?"

"Im Auto auf dem Weg nach Hause", antwortete Jan. "Können wir uns vielleicht am Abend treffen?"

"Ja", sagte Kurt, "am besten, du kommst zu uns. Und vergiss nicht Blumen für Elke mitzubringen."

"Eigentlich hätte ich euch lieber in ein Restaurant eingeladen", sagte Jan zaghaft.

"Hast du Angst in die Höhle der Löwin zu gehen?" fragte Kurt lachend.

"Wenn ich ehrlich sein soll - ja!" antwortete Jan.

"Das kannst du auch", sagte Kurt, "aber sie wird dir schon nicht den Kopf abreißen. Und außerdem bin ich ja auch noch da. Ich werde dich beschützen."

"Da spricht ein wahrer Freund", antwortete Jan und lächelte. Und genauso wie er es gesagt hatte, meinte er es auch. Im Grunde genommen war Kurt nicht nur sein bester Freund sondern auch sein einziger.

"Bis am Abend!" sagte Jan und beendete das Gespräch.

Als Kurt Stunden später die Haustür öffnete, blickte er in einen großen Strauß gelber Rosen.

"Sind die für mich?" fragte er, "das wäre doch nicht nötig gewesen."

"Aus dem Weg, du Abziehbild eines Türstehers", sagte Jan, "ich muss zu deiner Chefin."

"Es ist schön, dass du deinen Humor wieder gefunden hast", sagte eine Stimme aus dem Hinter-grund.

Elke begrüßte Jan mit einem Kuss auf beide Wangen und nahm dann den wunderschönen Strauß in Empfang.

"Komm weiter", sagte sie zu Jan und zu Kurt, dem Türsteher:

"Und Sie besorgen eine Vase; aber ein bisschen plötzlich, wenn ich bitten darf."

"Sehr wohl, gnädige Frau", antwortete Kurt, und die drei Freunde lachten, so wie sie es immer schon getan hatten, wenn sie einander zum Narren hielten.

Jan war froh, dass Elke und Kurt ihm ohne Vorbehalt begegneten. Er hätte es ihnen auch wohl kaum verübeln können, hätten sie ihm in irgendeiner Weise Vorwürfe gemacht.

"Ich danke euch so sehr, dass ihr meine Freunde seid, und dass ihr mir meine Aussetzer verziehen habt", sagte Jan, dem es in diesem Augenblick ein Bedürfnis war seine Dankbarkeit in Worte zu kleiden.

"Wer sagt denn, dass wir dir verziehen haben?" fragte Kurt.

Jan stutzte einen Moment, aber als er in Kurts Gesicht sah, wusste er, dass ihn der Freund verladen hatte.

"Es ist alles gut", sagte Elke, "höre nicht auf den Quatschkopf. Aber eine kleine Strafe musst du schon über dich ergehen lassen."

"Was immer es auch sein mag", antwortete Jan, "ich nehme die Strafe an."

Wenige Minuten später offenbarte sich Jan das angekündigte Strafmaß: Barbarie-Entenbrust mit Ofengemüse und Rotweinsauce.

"Da du uns aus unerforschlichen Gründen versetzt hast, musst du das Weihnachtsessen eben heute essen", sagte Elke und Kurt fügte hinzu:

"Das war das schrecklichste Weihnachtsfest aller Zeiten. Das ganze Jahr über freut man sich auf das Festmahl und dann kommt der Pizzabote vorbei."

"Glaube ihm kein Wort", sagte Elke, "es gab ganz bestimmt keine Pizza auf Rädern."

Als die drei Freunde gegessen hatten, erzählte ihnen Jan von dem Erlebten der letzten Tage, und was ihn dazu bewogen hatte.

Er erzählte auch von Margarete Hagen, der liebenswerten und lebensklugen Frau, die ihm sehr geholfen hatte. Die Episode mit Chantal ließ er aber unerwähnt.

"Wir sind sehr froh, dass du wieder zurück in die Spur gefunden hast", sagte Kurt und Elke nickte zustimmend.

"Wir waren schon sehr in Sorge um dich", fügte sie hinzu, "aber du wirst sehen, jetzt wird alles gut werden."

Jan war Kurts strafender Blick zu Elke aufgefallen und er fragte Elke:

"Was meinst du damit?"

Elke schaute leicht verwirrt zu Kurt, der ihr aus der Verlegenheit half, indem er sagte:

"Es sollte eine Überraschung für dich sein; aber mein liebes Eheweib konnte wieder einmal nicht den Mund halten.
Wir wollen dich an Silvester mit in unsere Jagd-hütte nehmen und dort das neue Jahr begrüßen."

Jan fühlte einmal mehr, wie viel ihm Elke und Kurt bedeuteten. Er war zutiefst berührt, dass sie ihn an Silvester nicht allein lassen wollten.

"Natürlich nur, wenn du nichts besseres vorhast", ergänzte Elke die Einladung ihres Ehemannes.

"Ich nehme eure Einladung sehr gerne an", sagte Jan, "aber nur wenn ich nicht ein hungriges Reh erschießen muss oder einen alten Hirsch."

"Höchstens mit der Kamera", scherzte Kurt. "Nur Spaziergänge in der frischen Luft und vielleicht eine zünftige Schneeballschlacht."

"Und wie lange wollt ihr bzw. wir dort bleiben?" fragte Jan.

"Bis zu den Heiligen Drei Königen", antwortete Kurt, "aber nur wenn es dir nicht zu lange ist."

"Nein, nein", antwortete Jan, "ich fragte nur, damit ich weiß, wie viel Gewand ich mitnehmen muss."

"Reichlich", antwortete Kurt, "auf jeden Fall reichlich. Dort kann es empfindlich kalt werden."

"Das ist sehr lieb von euch", sagte Jan, "ich hätte sonst nicht gewusst, wie ich dieses verzwackte Jahr zu Ende hätte bringen sollen..."

****

Jan hatte es sich im Fond von Kurts Wagen bequem gemacht. Sie hatten ihn am späten Vormittag von zuhause abgeholt.

Elke hatte ihm angeboten auf dem Beifahrersitz Platz zu nehmen; aber Jan hatte dankend abgelehnt.

"Ich hatte eine schwere Nacht", erklärte Jan. "Ich war gestern Abend noch eine Kleinigkeit bei Luigi essen, und der Halunke hat mich mit Grappa abgefüllt."

Luigi di Lorenzo war der Wirt vom "Ristorante Trattoria Luigi", einem Lokal, in welches Jan ab und an zum Essen ging. Er war auch schon des Öfteren mit Elke und Kurt dort speisen.

"Wie geht es denn dem alten Mafioso?" fragte Kurt scherzhaft.

"Es geht ihm soweit gut, denke ich", sagte Jan. "Er lässt euch übrigens recht lieb grüßen, und er hat mir einen Seelenwärmer mitgegeben. Ich habe ihn im Koffer."

"Lass mich raten", sagte Kurt, "einen Grappa."

"Der Kandidat hat hundert Punkte", antwortete Jan und wenig später sagte er:

"Würde es euch stören, wenn ich ein wenig die Augen zu mache? Wie schon gesagt, die Nacht war kurz und schwer."

"Mach nur", sagte Kurt, wir wecken dich, wenn wir da sind."

Als Jan die Augen aufschlug, war es schon dunkel geworden.

"Du lieber Gott", sagte er erschrocken. "Habe ich so lange geschlafen? Wie spät ist es denn?"

"Dem Glücklichen schlägt keine Stunde, mein Freund", antwortete Kurt. "Du hast nichts versäumt und außerdem sind wir gleich da."

Jan schaute seitlich beim Fenster hinaus und außer Dunkelheit konnte er nichts erkennen. Dann schaute er nach vorne und fragte dann:
"Haben die den ganzen Wald abgeholzt?"

Er hatte erkannt, dass dies keinesfalls der Weg zur Jagdhütte war, sondern die Straße zur Insel. Und schon wenige Minuten später tauchte das Krähennest im Lichtkegel der Scheinwerfer auf.

"Was wird das hier?" fragte er völlig verwirrt und Kurt antwortete:

"Um es mit der Bemerkung Willy Brandts beim Mauerfall zu sagen: Es wächst zusammen was zusammen gehört!"

****

Jan hatte ein zwiespältiges Gefühl, als er das Krähennest betrat.

Kurt hatte ihm davor noch erklärt, dass Johanna sie alle eingeladen hatte Silvester mit ihr und bei ihr zu verbringen.

Das sei zustande gekommen, als Kurt - auf der Suche nach Jan - Johanna mehrmals kontaktiert hatte.

"Hallo, ihr Lieben!" begrüßte Johanna die Ankömmlinge. "Hattet ihr eine gute Fahrt?"

"Ja", antwortete Elke, "und nochmals vielen Dank für die liebevolle Einladung!"

"Ich habe zu danken", antwortete Johanna, "so bin ich an Silvester wenigstens nicht allein."

Mit dieser Bemerkung hatte Johanna Jans Frage, ob Svenja vielleicht auch da wäre, beantwortet, ohne dass er sie gestellt hatte.

Jan hatte es bereits vermutet, denn Svenjas Auto war weit und breit nicht zu entdecken.

"Jetzt kommt aber erst einmal herein, der Kaffeetisch ist schon gedeckt."

Es entwickelte sich eine angeregte Unterhaltung, an welcher Jan sich nur spärlich beteiligte. So sehr ihn auch die Frage nach Svenja auf den Lippen brannte; er stellte sie nicht.

"So, Ihr Lieben", sagte Johanna etwas später, "ich lege mich noch ein Stündchen aufs Ohr, damit ich später bis Mitternacht durchhalte.

Ihr könnt in die Sauna gehen, wenn ihr wollt. Ich habe sie für euch eingeheizt. Wir treffen uns dann später zu unserem Fondue."

"Das ist sehr lieb von dir, Johanna", sagte Kurt, "aber wir ruhen uns auch noch ein wenig aus; die Fahrt war doch sehr ermüdend."

"Dann habe ich die Sauna ja umsonst eingeheizt", sagte Johanna, und der feine Unterton in ihrer Enttäuschung war nicht zu überhören.

"Ich werde gehen", sagte Jan. "Ich habe ja schon auf der Fahrt hierher geschlafen und ein bisschen schwitzen wird mir sicher gut tun."

"Also dann - bis später", sagte Johanna und entschwand in Richtung Schlafgemach. Und Elke und Kurt taten es ihr gleich.

****

"Hallo, schöner Mann!"

Jan erschrak zutiefst, als er die Tür öffnete, und ein Schauer rannte über seinen Rücken: Svenja saß in der Sauna und strahlte ihn an.

"Hallo Svenja!" sagte Jan mit brüchiger Stimme. Er hatte große Mühe die Tränen zurück zu halten, die sich ihm aufdrängten.

Wie sehr hatte er sich das gewünscht, und wie wenig hatte er daran geglaubt. Selbst als Elke und Kurt ihm diese Andeutung machten, und auch als Margarte Hagen, die liebe Dame aus dem Spa-Hotel ihm Mut zusprach, hatte er nicht den Mut gefunden daran zu glauben.

Und nun war es Wirklichkeit: Svenja war da.

Jan legte sein Badetuch auf die Bank, und das Prozedere vor einiger Zeit erfuhr eine wunderbare Wiederholung:

"Würdest du bitte etwas Wasser auf die Steine gießen?" sagte Svenja und Jan kam ihrem Wunsch gerne nach; jedoch mit dem kleinen Unterschied, dass er dieses Mal seine Nacktheit nicht zu verbergen suchte.

"Ich genieße es heute ganz besonders mit dir in der Sauna zu sitzen", sagte Svenja, "und ich hoffe, wir werden das in Zukunft noch oft gemeinsam tun."

"Das hoffe und wünsche ich auch, liebe Svenja", antwortete Jan.

Er goss das Wasser auf die Steine des Ofens und wollte sich wieder auf sein Badetuch setzen, als Svenja sagte:

"Möchtest du nicht etwas näher rücken oder hast du Angst, ich beiße dich?"

"Ich setze mich dieser Bedrohung sehr gern aus", antwortete Jan und rückte ganz nah an Svenja heran. Svenja legte ihren Arm um Jan und küsste ihn.

"Kannst du mir meine Ängste verzeihen, mein Liebling?" sagte sie, "und auch meine Dummheit?"

"Wie könnte ich das nicht", antwortete Jan, "ich selbst war ja ebenfalls von heftigen Selbstzweifeln befallen. Lass uns einfach einen dicken Strich darunter ziehen und neu anfangen."

"Das machen wir", sagte Svenja. "Aber jetzt lass uns duschen gehen und danach legen wir uns nieder wie die anderen, damit wir am Abend frisch sind."

"Jetzt verstehe ich erst", sagte Jan, "das war alles ein abgekartetes Spiel".

"Was hast du denn gedacht. Hast du geglaubt, die Hexe Johanna überlässt eine so wichtige Angelegen-heit dem Zufall?"

"Nein, natürlich nicht", antwortete Jan lachend.

"Siehst du", sagte Svenja, "und das Zimmer für unsere Hochzeitsnacht hat sie auch schon hergerichtet."

"Was heißt das denn?" fragte Jan erstaunt.

"Das wirst du gleich sehen", lachte Svenja, "jetzt lass uns erst einmal duschen gehen."

Stunden später saßen fünf Menschen in froher Runde beim Fondue-Essen und alle strahlten voller Zufriedenheit.

Zwei von ihnen strahlten jedoch besonders hell. Sie hatten noch bis vor wenigen Minuten ihre Hochzeitsnacht verbracht, ohne vorher geheiratet zu haben.

Sie taten dies, ohne sich ewige Liebe und Treue zu schwören. Sie taten es in dem Bewusstsein, dass sie den kleinen Vogel Glück, der ihnen zugeflogen war, nicht einsperren konnten.

Sie hofften jedoch, dass er recht lange bei ihnen verweilen möge, und sie wollten alles dafür tun, dass er sich bei ihnen wohlfühlte.

"Wer kam eigentlich auf diese wunderbar verrückte Idee uns zu verkuppeln?" fragte Jan.

Johanna sah erst Kurt an, dann Elke, und dann sagte sie:

"Das war ich, mien Jung. Ich konnte nicht mehr länger mit ansehen, wie zwei Menschen mit aller Macht der Liebe aus dem Weg gehen.

Und als Kurt bei mir anrief, um nach dir zu suchen, da reifte diese Idee, die - wie man sieht - ganz gut funktionier hat."

"Wir sind sehr froh, dass du das gemacht hast", sagte Jan mit einem Blick auf Svenja, deren leuchtendes Gesicht mehr Bestätigung war als jedes gesprochene Wort.

"Aber jetzt muss ich mit dir ein ernstes Wort reden, lieber Jan", sagte Johanna, und ihr Blick unterstrich ihre Ernsthaftigkeit deutlich.

"Was ist dir nur eingefallen, mir so ein Geburtstagsgeschenk zu machen?"

Kurt und Elke wussten nicht, was da gerade vor sich ging, Jan aber schon.

"Hat es dir nicht gefallen?" versuchte Jan der Frage auszuweichen, was natürlich nicht gelang.

"Du weißt genau, was ich meine", sagte Johanna, "ich bin zwar alt; aber ich weiß wie <googeln> geht."

Jan ahnte, was Johanna meinte, hielt sich aber bedeckt.

"Das Bild ist signiert und der Maler heißt Yves Poirée und ist aus Frankreich. Stimmt das oder stimmt das nicht?"

Jan nickte. Was hätte er sonst auch tun können. Johanna fuhr fort:

"Und im Google steht auch, dass seine Bilder im fünfstelligen Bereich gehandelt werden. Im hohen fünfstelligen Bereich. Stimmt das auch?"

"Ja, das stimmt, liebe Johanna", antwortete Jan. Und bevor er mit seiner Erklärung beginnen konnte, sagte Johanna:

"Dann kannst du das Bild wieder mitnehmen. Ein so teures Geschenk kann ich nicht annehmen!"

Die gerade eben noch vorhandene heitere, gelöste Stimmung wich einer Bedrücktheit, die den ganzen Raum erfüllte.

Jan sah Johanna lange ins Gesicht. Das war einer der Charakterzüge, die er an dieser Frau so schätzte: Ehrlichkeit und Geradlinigkeit.

"Darf ich jetzt bitte auch einmal etwas sagen", begann Jan in einem ruhigen Ton und Johanna nickte.

"Hast du erkannt, was das Bild darstellt?" fragte er Johanna.

"Natürlich", antwortete Johanna, "ich bin ja nicht blind. Es ist das Krähennest und es ist wunderschön.

Dennoch", wollte Johanna fortfahren, aber Jan unterbrach sie:

"Richtig! Es ist das Krähennest und mein lieber Freund Yves hat es in meinem Auftrag gemalt."

"Du kennst den Maler?" fragte Svenja.

"Sehr gut sogar", antwortete Jan, "er ist der Bruder von Madeleine."

Johannas Gesicht verwandelte sich augenblicklich von "ungehalten" in "völlig erstaunt".

"Von deiner Madeleine?" fragte sie ungläubig, als gäbe es noch eine andere, die in Frage käme.

"So ist es", antwortete Jan, "Yves hat ebenso Malerei studiert wie Madeleine. Und wir sind nach Madeleines Tod in Verbindung geblieben.

"War das etwa der Mann, der vor meinem Geburtstag ständig ums Haus herum geschlichen ist?"

"Ja, das war Yves", antwortete Jan.

Johanna lachte und sagte:

"Du meine Güte; ich hätte damals fast die Polizei gerufen."

"Hättest du es doch nur gemacht; dann hättest du den Herrn sogar persönlich kennenlernen können", sagte Svenja.

"Und die schöne Überraschung wäre dahin gewesen", fügte Jan hinzu.

Johanna sah Jan mit Tränen in den Augen an.

"Jetzt bist du mir aber nicht mehr böse", sagte Jan, "und das Bild behältst du auch."

"Ja, mien Jung" sagte Johanna und umarmte Jan.

Um Mitternacht ging die kleine Gesellschaft nach draußen, um das Neue Jahr zu begrüßen und das nächtliche Feuerwerk am Himmel zu bestaunen.

Jan hielt seine Svenja fest umschlungen und Svenja schmiegte sich an Jan.

"Ich bin sehr glücklich", flüsterte sie in die kalte Nachtluft, "mach bitte, lieber Gott, dass es lange so bleibt."

****

Als Svenja und Jan am nächsten Morgen zum Frühstück erschienen, erlebten sie eine weitere Überraschung. Johanna stand mit ihrem gepackten Koffer bereit, um mit Elke und Kurt in die Jagdhütte zu fahren.

"Das Krähennest gehört euch allein bis zu Heilig Drei Könige. Dann will ich es unversehrt zurück haben. Der Kühlschrank ist voll, und ich hoffe, eure Herzen sind es auch."

****